Reina de América

Seix Barral Biblioteca Breve

Nuria Amat
Reina de América

Diseño colección: Josep Bagà Associats

Primera edición: febrero 2002

© 2002, Nuria Amat

Derechos exclusivos de edición
en castellano reservados para
España:
© 2002: Editorial Seix Barral, S. A.
Provenza, 260 - 08008 Barcelona

ISBN: 84-322-1120-6
Depósito legal: M. 508 - 2002
Impreso en España

1

Wilson fumaba dos cigarrillos a un tiempo. Uno colgaba de sus labios mientras que el otro lo mantenía sujeto entre los dedos como un lápiz. Sin querer olvidar lo que estaba leyendo, levantó los ojos y dijo que se había pasado el día pensando que era de noche.

Y qué, pensé. Moví la cabeza pero no dije nada. Sentí un sabor amargo en la boca y mi lengua estaba seca.

Por qué me buscaste tan lejos, quise preguntarle. Le hablé del mar y de las piedras de la orilla. No tenía que ser necesariamente yo, dije. No quiero saberlo.

La mujer parecía un recorte de sombra bajo aquella luz oscurecida.

Entonces no estaba borracho, me interrumpió. Entonces estaba sobrio.

Frente a la casa, el mar crecía contra nosotros. Miré hacia atrás por si veía algo. Mi reloj se había parado poco después de medianoche y bailaba en mi muñeca. Qué hora es, pregunté.

Luego pedí a Wilson que leyese en voz alta para que pudiéramos divertirnos. Tampoco duró mucho. La lluvia podía más que sus palabras. A medida que transcurría el tiempo, se distendía la sensación de hambre y ya no pensaba en comer.

Durante un rato me hice la loca. Me daba igual si llovía o no llovía. Llevábamos varios días sometidos a la furia del aguacero y aquella forma de llover, fuerte y ruidosa, obligaba a no hacer nada más que mirar la soledad plomiza. El mar, sin embargo, se había tranquilizado un poco. Apenas lo tocábamos. No era un mar de baños veraniegos.

Nos habíamos sentado en el primer escalón del porche, junto a la puerta. Era una puerta con voluntad propia. Siempre perezosa, se abría y cerraba a su aire, ajena a nuestro paso a través de ella. La puerta no tenía llave y cualquiera podía venir aquí, entrar en la casa e interrumpir nuestro tiempo para el amor y solitario compadreo. Pero nunca vi a persona alguna aparecer por delante de la casa. De vez en cuando, y si la nitidez de la línea del horizonte lo permitía, conseguíamos divisar algún buque de guerra de la marina norteamericana. La tierra no daba para más y el mar parecía obedecerla.

La casa se sostenía sobre unos pilotes enterrados en la arena. Era una pequeña construcción de madera rancia, vieja y desollada por el verdín marino. Al caminar, crujían las tablas bajo los pies y en algunas partes la separación entre las maderas permitía adivinar el deambular sin rumbo de las gallinas viejas y solteronas que solían dormir y anidar debajo de nuestro dormitorio. Durante la noche me despertaba el continuo quejido de la madera seca y el gruñir de los cerdos hambrientos.

Mientras Wilson leía sentado en el otro extremo del porche, yo dejaba colgar las piernas hacia afuera. Contra la lluvia. El agua del canalón caía directamente sobre mis pies desnudos. La vida era corta y larga. No me quejaba. En cierto modo, este lugar era un paraíso. La naturaleza era rica. Sólo ella. Pese a la inmensa costa circundante, tampoco había pescadores, y la lluvia terminaba por llevarse el poco ánimo que les quedaba a las personas si querían dedicarse a algo más productivo que el mero esfuerzo de dejarse vivir.

Pensé que el agua enfurecida de esta tarde tal vez conseguiría acabar con los mosquitos. Ya había aprendido a vivir con ellos. Mi cuerpo escocido por sus picaduras ya no tenía recuerdos. Pero el agua que caía del canalón hacía revivir de nuevo el dolor de las heridas. Era un mal y un remedio.

Aquí los llaman zancudos. Fantasmas milimétricos. No se ven. Nadie puede verlos.

La mujer volvió a referirse a los mosquitos.

Abro y cierro mi cuerpo a pesar de ellos. Nada me toca.

Wilson seguía embebido en el silencio de la lluvia dormida. ¿En qué pensaba? Parecía feliz y triste. Ambas cosas eran posibles en Bahía Negra.

Los años, decía Wilson, nos roban las palabras. No tienes más que fijarte en los viejos. Pierden su mirada en la lejanía durante horas. Hablan con el mundo. Como yo cuando me pierdo.

Pero la cabeza de Wilson siempre estaba en movimiento. Tenía el rostro salpicado de arrugas y el cabello corto y rasurado. Una calvicie incipiente le hacía parecer más joven de lo que realmente era.

A los veinte años el amor es una bestia muda y yo ya soy viejo. En esto pensaba Wilson con el libro entre las manos. También en el miedo.

La mujer algunas veces preguntaba. Otras, prefería no saber. Yo la veía hablar sola. Con el mar, con el cielo, con la lluvia, con el silencio de Wilson.

Ella sí salía algunas veces con su bañador rosado de dos piezas decidida a pelearse con las olas. Como niño que aprende a nadar, se daba un remojo rápido cerca de la orilla mientras trataba de proteger con las manos su pecho del duro latigazo del agua.

Levanté las piernas y aparté el libro que tenía a mi lado. No quería bañarme. Quería leer pero el agua que caía del canalón mojaba y ensuciaba las páginas.

Este mar era un enorme cementerio. La maestra había muerto. También el alcalde y el cartero.

Como no había tumbas que hablasen de estas muertes, podía ser o no cierto lo que decían sobre ellas. La lluvia distraía todos los recuerdos. Nadie pensaba en comer. Tampoco Wilson.

Mona, dijo Wilson desde la puerta.

Me llamo Rat, protesté.

Me volví hacia él y le salpiqué la cara con el resto del agua que me quedaba en las manos.

Caminaba descalzo y con las puntas de los pies metidas hacia dentro. Tenía el torso desnudo y brillante.

Desde la puerta sin puerta, dijo esta vez:

El viejo Poncho ha muerto.

Así que la fiebre amarilla se ha llevado también al negro Poncho de El Almejal, nuestro único vecino. Si lo sabe es que ha estado hablando con Aida, nuestra vecina de la playa. Todo esto pensé antes de hablar. Pero no moví las piernas del escalón. También mis palabras delataban la desidia y la carencia cotidianas.

Alguna que otra vez, un avión, más distraído que intrépido, se aventuraba a despegar bajo la tormenta y caía asolado por la lluvia. Al cartero no lo mataron. Murió en accidente aéreo. Al contrabandista tampoco. La maestra también pudo ser otra de las víctimas de los accidentes de avioneta. El viaje en avión era el único modo de llegar o salir de este solitario encierro. Era una selva tan oscura que hasta el sol, harto de lluvia, circulaba con desgana y cuando caía por fin al mar se adormecía entristecido y sin ánimo alguno de desafiar con su disco rojo a la noche poblada de estrellas, éstas sí excitadas y felices de poder arremolinarse juntas en una red tupida de insectos luminosos. Nada se movía aquí salvo la propia tierra cuyo escenario cambiaba cada amanecer de decorado.

Pensé en escribir una carta a mi padre. Aquí la gente muere y no sabe cómo muere. Nunca he visto llover así.

¿De qué servían las cartas? Un libro lo cambia todo. De pronto estás en otro sitio. Viviendo otras palabras.

Me retiré del canalón y seguí dando la espalda a Wilson.

Mi viaje era una huida. Me había ido. Eso era amor y odio. No pensaba en volver. Veíamos pasar el tiempo. Ahora trabajo. Ahora leo. Así, el amor es sencillo. Como apenas nos conocemos, Wilson me deja hacer. Dice: Eres demasiado joven, no para tener heridas, que las tienes, pero sí para tener pasado. Viene por detrás y me roba una caricia. Yo me aparto. Ahora estoy leyendo. Otra vez tú y tu tacañería catalana, dice. Y tú, con tu pasividad colombiana y tus cigarrillos colombianos.

Desde la baranda del porche vi cómo la negra Aida salía a la pequeña terraza de su cabaña. Llevaba puesto el vestido de flores amarillas y encarnadas que yo le había regalado días atrás, cuando el negro Poncho aún vivía. Es un vestido español, decía Aida juntando mucho los labios y la barbilla tiesa.

El vestido dejaba al descubierto los hombros. La falda, amplia y terminada en un volante, le llegaba hasta media pierna. No era un vestido para llevar en un día de luto. Pero qué más daba.

Los dos cerdos seguían sueltos frente a la casa. El mar jugaba a perseguirlos y ellos deambulaban perdidos entre la lluvia.

La piel de Wilson brillaba como una de esas grandes piedras resbaladizas que había en la cascada de El Almejal. También era un agua tibia la que soltaba de continuo este cielo brumoso.

Por ahí anda Aida, la mujer del viejo Poncho.

Digo: Wilson, tu silencio me duele más que una mentira porque en tu silencio yo no existo.

Deja el libro y me cuenta que una vez estuvieron a punto de matarlo. Pasé con disimulo por el lugar donde estaban esperándome. Y, por suerte, no me vieron. Me disfracé de otro. Eso les enfureció más. Después trataron de matarme varias veces. Sin poner demasiado empeño en el asunto, porque de otro modo estaría muerto.

En un periódico Wilson había escrito que el Ejército colombiano, en determinado momento, decidió permanecer marginado en la represión del narcotráfico dejando esta función en manos de la policía, que desde entonces ha estado fumigando los cultivos de coca y amapola con efectos contradictorios y contraproducentes.

En su vida de ciudadano corriente, escribió artículos que disgustaban tanto al Ejército como a la guerrilla. Siempre creí que éste era el motivo de nuestro viaje a Bahía Negra. Wilson no quería ver otro. De todas formas, tarde o temprano, deberíamos empezar a pensar en irnos a otro lado. De qué modo y cuándo era una pregunta irrelevante. El amor por Wilson ha vuelto a crecer esta noche. En la habitación reina tal silencio que le oigo respirar desde el otro extremo del cuarto. La luz nocturna le hace parecer más viejo. De las tablas pende mi mochila usada. A ratos la confundo con un enjambre de murciélagos.

Cuando la gente se pelea por nada, dice, ninguno lleva la razón. Si de veras se desea la paz, resulta difícil tomar partido por uno u otro bando. Como persona, como hombre, como colombiano siempre estaré de parte del pueblo, del lado del campesino, que es al que terminan matando.

Como tenemos miedo, nos movemos de noche como cazadores furtivos. Hablamos en silencio.

Yo digo que estamos hablando de estas muertes y no podemos hacer nada por ellas más que hacer el amor todo el santo día.

Dice que sí. Que exagero. Y que lo demás son cuentos. Ha visto cosas peores. Aún tenemos suerte.

Digo que hasta los periódicos se han vuelto crédulos. En España los periódicos son cada día menos interesantes.

Dice que aquí en Colombia no es lo mismo. Aquí sucede todo lo contrario.

Cuando le digo que nunca en mi vida había oído hablar un castellano tan perfecto, hace como que no me oye. Creo que me gustaría hablar como tú, digo. Él apaga la lámpara de petróleo y vuelve a meterse en la cama. Enciende un cigarrillo.

Dice: Soy un hombre condenado. Si quieren matarme que me digan cuándo y yo voy, nomás. No se apuren.

Por qué me miras así. Yo estoy desnuda en el rincón. No creo ni descreo. Dice: No creas que estoy inventando una forma literaria de morir. La muerte no se inventa.

Por favor, Wilson. Habla más bajo. Temo los murciélagos, los espías, Aida, las voces, los silencios. Su rabia quieta no me deja pegar ojo.

Wilson, cállate.

Me cubro con la sábana. Hace calor y la sábana está mojada.

Que lo oigan de un extremo a otro del Valle, de la Boca o de Bahía Negra. Que lo oigan todos.

Por qué dices eso, digo.

Esta tarde ha vuelto a sentarse en el escalón del porche. Me llama a su lado pero sigue hablando fuerte. Dice: Mi amigo, el periodista Lucas, el que llamamos «el Flaco» es también un hombre sentenciado. Somos muchos, hombres y mujeres y hasta niños los que vamos a morir. Pero si ahora te hablo del flaco Lucas es porque él y yo estuvimos trabajando juntos durante muchos años, pensábamos lo mismo. Escribíamos las mismas vainas y, sin embargo, nuestros enemigos eran distintos. Que cómo se entiende.

Yo no digo nada.

No se entiende. Nadie puede comprenderlo. Al flaco Lucas no llegaste a conocerlo. Está huido. Ya no sé si vive o ya está muerto. Al Flaco lo busca la guerrilla para matarlo. Así es. Claro que no se explica. Esta guerra ya no tiene otra explicación más que la del hambre por matar. De allá arriba mandan: Ustedes levanten el fierro y disparen. Peguen tiros. Y todos obedecen. Que a quién obedecen.

Yo no digo nada.

En el fondo nadie sabe. Ni se sabrá nunca. Se mata por puras ganas de vivir. Para no ser el primero en ser el muerto.

Aida volvió a entrar en su casa. Wilson se apoyó en la barandilla. Estaba rota y podía ceder en cualquier momento. Siempre estábamos mirando el mar, como si no tuviéramos otra cosa que hacer en todo el día. Había veces en las que nuestros ojos perdidos en el rectángulo azul olvidaban todas las palabras. Nunca pude ver un buque de carga o petrolero atravesar el horizonte. Éste era un mar de mentira. No era de fiar. Tenía un nombre que decía lo contrario de lo que aparentaba. Hasta los pájaros lo rehuían y nosotros, quietos en nuestros puestos de alerta, jugábamos a buscar ballenas entre las líneas del cielo.

No había lugar más apartado y secreto en todo el mundo que aquella playa de El Almejal. Era una costa cerrada al turismo porque el mar salvaje y solitario condenaba las fronteras. Altos árboles de copas muy espesas impedían el aterrizaje de los aviones. Los indios cholos, que vivían más allá del río y eran expertos en decapitar aquellos troncos poderosos, se movían a sus anchas por el monte. No se llevaban bien con los negros del poblado pero tampoco sentían necesidad de enemistarse con ellos. Eran dos mundos en uno solo.

A ratos, Wilson y yo hablábamos de literatura. Éste era sin duda nuestro principal tema de conversación secreta. Me gustaba escuchar a Wilson hablando de lo que puede ser y lo que pudo haber sido. La literatura nos alejaba del territorio de la muerte.

De ahí que estuviésemos muchas horas en silencio. A menudo era yo la que tenía que esperar a decir algo. Las frases de Wilson tenían más sentido.

La novela que estoy escribiendo tendrá sin duda muchas páginas y tratará de todas las variedades del hombre y de la mujer hasta ahora conocidas.

Habló tan alto que pensé que la negra Aida había podido oír lo que decíamos. Se secó el cuerpo con la toalla que siempre llevaba encima y vino a sentarse a mi lado. Yo era allí todo su público y a él le gustaba maniobrar con las sentencias.

Dijo: Vivimos en un continente donde nunca hubo tanta miseria y desesperación como ahora.

Wilson quería convencerme de la importancia de esa frase. Tenía una perfecta memoria colombiana. Arrojábamos nuestras palabras al mar como si fueran piedras.

Dije que si la literatura de una nación está en declive, es porque esa nación se ha atrofiado y ha entrado en decadencia.

Dijo que de dónde había sacado esta idea, pero que en lo fundamental estaba de acuerdo.

Nunca me dejaba leer sus páginas manuscritas. Le repetí que ya nadie con dos dedos de frente escribe con este aparato antiguo. Pero yo le veía sentarse frente a su máquina de escribir y me sentía tranquila. Decía que el ruido de las teclas de la máquina le servía de argumento. Examinaba las palabras con atención delicadísima. Leía vocalizando cada letra como si cada frase trajera su propia literatura en ciernes.

Como periodista escribió a propósito del narcotráfico de Medellín, los gamines de Bogotá, las prostitutas de Cali, los sicarios de la Sabaneta, pero nunca había escrito sobre su lugar de nacimiento. Como si quisiera borrar Bahía Negra del mapa trémulo de Colombia. Como si Bahía Negra no existiera.

Me avisó otra vez de que Aida había vuelto a salir a la terraza.

Levanté los ojos hacia donde estaba ella. No pude verla. La casa parecía muerta.

Tampoco sé qué estoy haciendo aquí, pensé. ¿Para qué me quiere?

Había dejado de llover y la arena relucía como fina y plateada estera. La madera del porche estaba tan gastada que podía ceder y doblarse como cartón humedecido por la lluvia. La mujer reía como un pez.

Dijo Wilson que las historias de amor se escriben antes de ser vividas. Es decir, dijo, nuestro amor existió primero en forma de relato. Te inventé en mi cabeza. Hablé de ti antes de que existieras.

Suena bonito, dije, pero demasiado literario.

Volvimos a reírnos.

Pero la pregunta esencial era otra. ¿Por qué vine?

¿Qué te inventas?, preguntó.

Nada, dije.

Pensaba en sus ojos pequeños como granos de café. Unos ojos que siempre hablaban de otra historia distinta a la que contaban sus palabras.

Wilson empezó a silbar. El sol había cedido por completo y con la oscuridad reciente también nuestras ataduras se aliviaban. Ya no tenía hambre.

La mujer se abotonó la camisa y se bajó las mangas. Wilson le acarició el cabello.

Wilson había viajado en una ocasión a Europa. Su destino era llegar a París. Cuando recaló en Barcelona, la ciudad le gustó tanto que trató de llevarla a Colombia como recuerdo.

Tú no habías nacido, dijo.

La ocurrencia le hizo reír de nuevo. No pensé que tuviera gracia pero reí con él. Le mostré la palma de mi mano.

Dijo: Tu ciudad tiene algo de Medellín, de Cali, de Cartagena, de Bogotá y de Pereira.

Dije que en mi opinión la que más recordaba Barcelona era la ciudad de Bogotá. La montaña al fondo, Montserrate, las calles, las avenidas.

Wilson entró en la casa y salió con una lata de cerveza en la mano. Bebió un primer sorbo que escupió directamente sobre las tablas del suelo.

Además de nuestro dormitorio, sólo había otro cuarto en la cabaña. Era un cuarto oscuro y trasero cuya ventana daba a la selva umbría. Lo utilizábamos de estudio y cocina, pero raro era el día que cocinábamos algo. Para comer nos bastaba con tomar el camino del pueblo y acercarnos a Bahía Negra donde cada noche tía Irma nos tenía preparada la cena.

Se quejó de que la cerveza estuviera caliente. Voy a vestirme, dijo. Y volvió a meterse dentro de la casa.

Desde el escalón del porche me llegó el tibio olor a

petróleo de la lámpara. La luz era tan mínima que apenas permitía distinguir la noche apagada o encendida. Las dos lámparas que teníamos las trasladábamos de uno a otro lado de la casa como si fueran sombras proyectadas a la medida de nuestros pequeños sueños. Montones de insectos revoloteaban alrededor de ellas ennegreciendo el aire.

Vi cómo la mujer del viejo Poncho salía de nuevo a la terraza. Miró de reojo hacia mí y enseñó sus dientes blancos. Acto seguido volvió a esconderse.

Su aparición coincidió con uno de esos momentos falsos de la vida. Pienso que voy a morir. Conozco esta señal. Lo importante es mantener los ojos bien abiertos.

Son ataques de melancolía y nostalgia, dice Wilson desde la puerta.

No respondo. Tampoco las palabras tienen forma en estos casos.

Puedes irte cuando quieras, dice.

No está enfadado. Pero sabe muy bien que no puedo moverme. Tampoco lo deseo. ¿Adónde iría?

Sentado a su máquina golpea las frases con sus dedos de martillo. Su forma de escribir debería inducirme a sospechar que ocurre algo extraño con sus escritos, pero Wilson dice que es así como escriben los periodistas y yo lo creo. Un ordenador portátil sería pintoresco en un lugar donde ni siquiera hay una nevera.

Tú, con tu narcisismo colombiano no puedes comprender la sensación de naufragio que me produce todo lo que pienso.

Tu prepotencia española te hace olvidar lo que los españoles hicieron en América del Sur.

Es posible, digo.

Le estoy hablando desde la terraza. Ya está oscuro. La noche ha vuelto a traer a nuestra vecina.

Le comento a Wilson que Aida vuelve a vigilarnos de nuevo. Ahora está esperando que nos vayamos al pueblo como cada noche.

Pero Wilson acaba de decidir que hoy nos quedamos en casa y que cocinará cualquier cosa. Se levanta y llena de agua el único caldero que tenemos. Me arrastro por las tablas y me quedo escondida detrás de la puerta. No pienso moverme de aquí hasta saber lo que ocurre al otro lado de la playa.

¿Y ahora quién es la espía?, dice.

Le digo con el dedo que se calle. La mujer negra me intriga.

La mujer blanca ha olvidado sus zapatillas. Ya ha dejado de llover. Hierve el arroz en el hornillo de gas. Las olas se inclinan suavemente. Murmuran los árboles. Explotan los insectos. Anochece.

La negra Aida levanta sus brazos al cielo. Delira. Tiene convulsiones. La pobre está triste porque su marido ha muerto. Entona cantos estrafalarios. En qué estará pensando. Sacude sus manos en el viento. Tampoco aquí los pensamientos son tan simples como parece. Ahora iré hacia ella.

No vayas, dice Wilson desde el interior de la casa.

Wilson no puede ver a Aida. No sabe lo que hace. Ignora que sus manos van y vienen por el aire como si estuviera loca. Me retiro un poco. Sobre todo, que no me vea.

Aida supondrá que nos hemos ido por el sendero del pueblo donde la oscuridad nos sorprende en la entrada de Bahía Negra. No imagina que esta noche Wilson ha decidido quedarse a escribir y yo tampoco tengo hambre. Wilson escribe muy deprisa. Pero sus palabras se mueven lentas cuando habla. Salen de su boca siguiendo un orden nada casual, aunque en muchos casos la cerveza termine siempre por estropearlas. En eso estoy pensando mientras miro afuera. En la arruga de su frente cuando bebe.

Aida es una mujer joven, de cintura ancha y caderas sueltas. Tiene los labios rosados, muy carnosos y algo sanguinolentos. Su cabello rizado no debe resultar fácil de cortar. A menudo lo lleva atado con trenzas o sujeto con un pañuelo. Nunca nos ponemos de acuerdo sobre cuál de las dos parece más joven. Yo digo que yo. Ella dice que ella. Según dicen, es la tercera mujer del negro Poncho. También la más negra. Todos saben que en realidad es una de sus hijas. Se considera afortunada porque le he regalado mi vestido más hermoso. Lo lleva puesto desde entonces.

No responde cuando le preguntas de dónde viene. La trajo Poncho del mar. Hace años. No recuerdan cuántos. El negro Poncho embarcó borracho en un buque carguero fondeado en el puerto de Buenaventura. Dicen que llegó hasta Panamá. No fue más lejos porque un negro, y más si se trata de un negro borracho, no puede cambiar de país como quien cambia de departamento geográfico, y Panamá tampoco está tan lejos. Por allá anduvo perdido durante mucho tiempo. No recuerdan cuánto. La mitad del pueblo olvidó por completo al negro Poncho. La otra mitad ni ganaba ni perdía nada con recordarlo una vez cada tanto. Wilson cree que debió de andar preso porque desde que regresó de Panamá le tuvo espanto al sol y caminaba encogido como un presidiario. Ahora está muerto. En Panamá le cambiaron el nombre por uno nuevo. Y ni él mismo se reconocía cuando le llamaban Poncho o Eustaquio o Jeremías.

Una mañana el negro Poncho apareció con Aida en la cantina del negro Melquíades. Estaba bastante más flaco y más viejo que cuando se fue. Costaba reconocerlo. Minutos antes los habían visto quietos como estatuas al sol en el centro de la única calle del pueblo. Bastó con que hiciera su entrada en la cantina y que lo vieran borracho para que los hombres se decidieran por fin a saludarlo. Nadie supo nunca cómo demonios se las arreglaron para llegar aquí. Los negros suelen hablar poco. Se hacen los sordos a las preguntas de los blancos. Cansado de esperar una respuesta, el blanco opta por imaginar la que le parece más apropiada de acuerdo a los pocos datos que posee. Pero los datos siempre son falsos. Los negros saben eso. Permanecen impávidos frente a su interlocutor y le sonríen embobados.

Tía Irma asegura que Poncho, el de El Almejal, llegó en el avión de unos gringos amañados en el tráfico y el contrabando. Pero también tía Irma es una de ellos. Dice, por si fuera poco, que los lanzaron en paracaidas y que gracias al cielo no murieron.

Con la marea baja, el mar se aviene a recoger sus velas y alejarse apenas unos pasos de la orilla. Pronto encenderé la otra lámpara de petróleo una vez haya averiguado qué se propone Aida con tantos aspavientos nocturnos. Del cuello le cuelga algo pesado. No consigo verlo con claridad. Parece una llave o una cruz de rosario. La brisa juega con su falda. Guiño de este fantasma que ahora invoca. Va descalza.

Ha perdido la cabeza, pensé. O está desesperada. Porque de pronto vi que su cuerpo se agitaba al son de una danza macabra. Quise avisarte, Wilson, pero te hubieras asustado. Además, desde dentro no podías oírme, a no ser que me pusiera a gritar. No quería levantar la voz. A qué venía tanto grito y movimiento de pañuelos.

Por un momento pensé que, acuciada por la desgracia, Aida quería lanzarse al mar y desaparecer entre las olas. Son rápidas y rabiosas como culebras. Te acaban arrastrando mar adentro. Eso sí puedo asegurarlo.

Con la mirada se leen muchas páginas. Aida no es un libro, aunque ahora esté tratando de acaparar toda mi atención como si fuera una novela. Entra y sale de la casa. Vuelve a entrar. Sale de nuevo. Ahora camina agachada. Arrastra un bulto enorme. Un saco de arroz. Tal vez un cargamento de contrabando. Sí. Juraría que es algo parecido a eso.

A ratos pierdo su sombra. Presumo que ha ido por detrás de la cabaña hasta el camino del arroyo, junto a la cascada, porque la veo regresar llevando una piedra enorme en sus brazos. ¿Para qué, Wilson? Deja la piedra en la orilla y regresa de nuevo a la cascada. Este camino lo hace varias veces. Ni tú serías capaz de transportar una roca tan pesada.

Seguro, dijo.

Ahora la veo venir con otra piedra de tamaño igual a la anterior que coloca junto a la otra. Este camino lo repite varias veces. Una piedra tras otra. Grandes y redondas.

Ya lo dijiste, pero tampoco fueron tantas.

No sé. No pude contarlas. Diez o doce. Pero te juro que no la vi descansar ni una sola vez.

Se mueve deprisa. Esto es lo que más me intriga. Esta página la lee corriendo, con todas las frases a la vez, apretadas unas contra otras. Como si leyera pensando en otra cosa. Sin comprender lo que ahí se dice.

Aida se lleva las manos a la cintura y se detiene a observar cada una de las piedras blancas que ha ido depositando en la arena. Algunas tienen el mismo tamaño que el caparazón de las tortugas. De momento, éstas no piensan salir del agua. Ya es su hora de desovar pero el trajín que lleva Aida las retrasa.

La piedra hembra se la dan a los hombres y la macho a las mujeres, dijo Wilson.

Ya, dije, pero corre de nuevo a la cabaña para surgir de nuevo con la espalda completamente doblada. Arrastra el bulto pesado. Lo lleva hacia el mar. Desde aquí puedo oír el ruido que hace el bulto al tropezar con los escalones del porche. Aida sigue arrastrando el saco por la playa.

Ahora es cuando las tortugas empiezan a emerger del agua. Llegan dormidas con sus caparazones tiesos. Despreocupadas de esta noche de sombras.

Preferí quedarme quieta antes que avisarte, Wilson. Pensé que si me apartaba de la puerta iba a perderme algo importante.

Cuando arrastró el saco hasta dejarlo en el mar, el bulto se puso a flotar sobre las olas mientras Aida trataba de dirigirlo con las manos. Como la marea es baja el bulto se mantiene a flote durante bastante rato. Aida canta una canción de cuna. Tal vez un bolero. No consigo descifrar la música. Sí. Yo también pensé que se trataba de un canto funerario.

Fue cuando tú creíste que me había quedado dormida. Tampoco encendí la lámpara de petróleo. No apagué el hornillo de gas porque la cocina es cosa tuya. No hablé. No bebí. Tampoco protesté esta vez por la puerta del baño, que siempre está atrancada. Cuando siento que mis necesidades se amontonan de golpe acuesto mi cuerpo en cualquier lugar y me hago la dormida. Eso pensaste. Dices: He oído decir que esta manera de ponerte a dormir tan tuya es una forma leve de jugar con el suicidio. Tal vez tengas razón. Tal vez no.

Odio la noche y deseo con todas mis fuerzas que llegue el día. De noche fallan los ecos del verdadero conocimiento. Varias cosas se avecindan cuando estoy a oscuras. Mi amor por Wilson. Mi sueño demasiado ligero o demasiado profundo. Mi apetito. Mi viaje. Pero no quiero irme. Esto es todo lo que tengo. Un nido de palabras naciendo. Repondré mi ánimo. Seré como dicen que era mi madre: bromista y silenciosa. Mañana saldré a pasear con Aida por la playa. La atormentaré con preguntas que ella desviará hacia otro lado. Diré: Te he visto anoche, Aida. Te vi haciendo cosas muertas en la playa. Qué te traías entre manos. Qué buscabas. Qué hacías con los cantos rodados. A qué espíritus invocabas.

Wilson dice: Todo es real. Piensa lo que quieras.

El bulto sigue flotando en la marea baja. Se diría una pequeña ballena varada. Aida lo empuja mar adentro. Desaparecieron las piedras porque Aida decidió meterlas también en el agua. Creo que debería ir a socorrerla. La fuerza del oleaje tira de ella y no la deja controlar sus movimientos. Aida suelta el bulto. Lo abandona a la deriva y regresa rápida a la orilla de la playa. Le cuesta caminar porque la falda de su vestido se levanta por encima de las olas. De vez en cuando mira hacia atrás. El bulto ya no es suyo. El mar se lo lleva lejos. Satisfecha de su trabajo respira a fondo varias veces. También está cansada.

Se acerca Wilson por la espalda con la lámpara encendida en una mano y en la otra un plato de arroz hervido. Te creía dormida, dice. En medio del arroz hay unos pedazos de carne de tortuga cocida al fuego del queroseno. Nos sentamos en el suelo. Un cajón invertido nos sirve de mesa. Yo no como. Nunca tengo apetito. La luz huele a comida. La comida sabe a queroseno. Una cucharada basta por hoy. Si como más, vomito. Mastico con desidia. Si hablo, pienso menos.

Le cuento a Wilson la escena nocturna del naufragio. Te la digo tal cual, sin inventarme nada. No se extraña. Dice: Es lo que suele hacerse para enterrar a un muerto.

Yo también supuse que en el bulto iba el viejo Poncho. Aunque no podía creerlo.

Wilson dijo: Me llegaron sus canciones. Las negras cantan su tristeza. Los negros o son muy inteligentes o son muy pendejos.

Aida se movía sola y en secreto. Eso era lo más extraño. ¿De qué se esconde?

La vida y las tinieblas. La sal y la guaracha, dijo.

A Wilson, Aida ni le gustaba ni dejaba de gustarle. Nunca dice la verdad. Las personas que no te miran a los ojos, no son de fiar.

Pero quién dice la verdad aquí, protesté.

Bajo la apariencia de una cosa se escondía otra de sentido muy diverso y resultaba imposible adivinar lo que había detrás de las palabras. Prefería el silencio.

No podemos imaginar sus pensamientos. Esta mujer siempre anda escondiéndose. No deja ver su casa. No permite que nada pase a través de su ventana. Además, al negro Poncho no lo vi muerto. ¿Y tú?

No dijo ni sí ni no. Tenía la boca llena y la carne de tortuga esperando en la cuchara.

Por si fuera poco, siempre anda a la busca de animales extraños. Araña la tierra con las uñas. Es una coleccionista de huesos y amuletos.

Por el momento, eso fue todo lo que hablamos sobre Aida. Luego de la escena del mar, dejamos de verla por algunos días.

2

Como cada tarde, a la caida del sol salíamos hacia Bahía Negra. Veía mi sombra reflejada en el camino, cuando había camino. Cuando no, Wilson empuñaba el machete para abrirlo. Dábamos la espalda a la casa y tomábamos el sendero de la cascada. Árboles altos como torres se mecían en la selva oscura. De vez en cuando, uno de sus troncos yacía tendido en el suelo, derrotado por quién sabe qué amenaza. Desde nuestra casa de la playa hasta el pueblo había un buen trecho de camino. El sendero se abría a ratos y en ocasiones llegaba a parecer apacible y propio para escenas fotográficas, pero abundaban los espacios oscuros en los que plantas trepadoras de hojas negras se enredaban cerrándonos el paso. Alimentados por espíritus, los helechos crecían durante la noche y se abrazaban entre ellos hasta formar una espesura nueva cada día. Wilson se la pasaba dando machetadas. Era un hombre de esta tierra y decía que a fuerza de pegar había terminado labrando su propio camino. Movía la hoja afilada con destreza. A veces tampoco es que fuera necesario hacer tanto despliegue de facultades temerarias a la manera de guía de paraísos perdidos, pero nos divertía jugar a héroes de películas de aventuras. Así abreviábamos el camino. La vegetación, por exuberante que fuera, parecía inofensiva. El peligro real eran las culebras que podían sorprendernos en el momento menos pensado de nuestra travesía. Algunas eran tan largas como troncos y tan iguales a éstos que costaba verlas y sólo llegábamos a descubrirlas cuando se hallaban a un palmo de nuestros pies, calzados, eso sí (pero no siempre) con las botas de caucho reglamentarias. Con las culebras Wilson no se encaraba a filo de machete porque, según decía él, más prudente era evitarlas dando un rodeo que hacerles frente. Como estábamos en época de lluvias torrenciales, muchas eran las tardes en las que el agua acompañaba nuestra caminata como si su música fuera la inevitable orquesta requerida en el paseo.

Al llegar al último tramo del sendero no quedaba otra alternativa que la de cruzar a pie el cauce del río que lindaba con Bahía Negra. Al ser hora de marea baja quedaba poca agua en el lecho del río y si pisábamos sin querer algunos de los charcos el agua apenas nos salpicaba las piernas. Cuando pasada la noche subía la marea, el camino se hacía intransitable y entonces había que desistir de ir al pueblo o bien, como única solución, armarse de paciencia y aguardar la llegada de una pequeña embarcación de remos que nunca llegaba. Mis ojos no recuerdan haberla visto ni una sola vez, pero es posible que estuviera allí aunque mi memoria no haya sido capaz de retenerla. Tampoco recuerdo el nombre del barquero. Todos se llamaban Aníbal o Melquíades. Lo que sí recuerdo con precisión son las noches en las que Wilson optaba por quedarse a tomar otra copa de aguardiente en la cantina del negro Melquíades. Esta copa de aguardiente era una más de una serie interminable. Y llegaba un momento en el que yo tenía que decidir entre arriesgarme a emprender sola el camino a la cabaña de la playa o bien quedarme en la sucia cantina a esperar el paso nervioso de las horas mientras una sucesión de hombres borrachos perdían su tiempo tratando de conversar con unas botellas vacías.

No sé qué era peor. Creo que ante la duda prefería regresar sola a la cabaña, y en ese caso estaba dispuesta a ir saltando como potro salvaje por el camino oscuro. No vería las serpientes hasta casi pisarlas. Pero en el miedo conseguiría sentirme mejor que en la desesperación solitaria de la botella. En el camino no me daría tiempo a pensar que algo horrible podía sucederme. Quería convencerme de que la sombra de un hombre como Wilson me protegía por donde quiera que fuese. Pero en la borrachera de la cantina aquel amor caía de golpe y me quedaba sola con todo el sentimiento disuelto en la punta de mis labios. Entre las botellas veía las mejillas color tomate de los hombres. El alcohol abría sus bocas y les cerraba los ojos. Entonces toda la tristeza del mundo me caía encima como presagio de que algo horrible iba a sucedernos. El miedo no se deja ver. Se siente pero no se escucha. La música roncaba a ratos en un aparato viejo. También Wilson prefería cantar al son de la cumbia o vallenato y me trataba como a una desconocida. El alcohol confunde el amor en odio. Y para los ojos de Wilson yo conseguía transformarme por un tiempo que me parecía insuperable en la única sombra de la cantina.

Una vez cruzado el río, alcanzábamos las primeras casas de Bahía Negra. La primera de ellas, nada más llegar por el sendero del monte bajo, era la antigua escuela del pueblo. Estaba vacía y medio abandonada. Corría polvo por ella como aire de demonio. Tampoco había señal alguna de sombra viva o muerta que interfiriera en nuestro radio de observación. Ni los niños habían dejado huellas recientes de haber entrado a jugar con los pupitres rotos y el negro tiznoso del encerado. La última maestra que tuvo el pueblo había muerto, al parecer, en uno de los accidentes de avioneta. Pero a Wilson le gustaba detenerse por un rato en la antigua escuela y ponerse a mirar por una de sus ventanas. El edificio, por llamarlo de algún modo, formaba parte de otra destartalada construcción de tablas de madera deformes que escondían en su interior un patio diminuto.

Wilson dijo que en esta escuela de las monjas misioneras había aprendido a leer y a escribir antes que cualquier otro niño de su edad. Como su caso fue el único de todo el departamento de Antioquia le dieron un premio. Pese al premio, dijo, andábamos descalzos porque no teníamos zapatos.

La pared del encerado ya no brillaba. Los pupitres bailaban a su aire en el aula vacía. La maestra de Wilson había sido una monja francesa con más tesón para inculcar las letras a los niños que vocación religiosa. A fuerza de contacto con la verdad humana terminó dejando los hábitos y su alma en el empeño. Pensaba menos en Dios que en el diablo. La maestra, pues, dijo que este muchacho primogénito de los Cervantes de El Almejal cuando fuera grande sería todo un escritor. Se colocó de pie junto al encerado cuando dijo que este muchacho estaba determinado por su apellido literario.

Wilson apoyó una mano encima de la mesa mientras reproducía para mí el oráculo de la maestra. Pensé en todas las veces en que había gastado esta misma broma a otras mujeres.

Ésta era mi mesa. Señaló un pupitre cualquiera del espacio. Aquí leí *La montaña mágica*.

Dije que, en mi opinión, a esa edad los libros buenos se caen de las manos.

Me había sentado a escucharle. Habló mirando el vacío del aula y los pupitres rotos como si en efecto estuviera leyendo el ejercicio de clase sobre Thomas Mann.

Salimos de la escuela. A un lado de la hilera de casas estaba el mar, y al otro, la selva dominante. Si no fuera porque la vegetación doblaba la altura de los tejados de uralita de los ranchos se diría que esta calle era similar a cualquier otra de una ciudad desteñida y devastada por la guerra. Las casas de madera levantadas a ambos lados de la calle se miraban unas a otras con indiferencia.

Mientras caminábamos yo no podía dejar de mirar a través de las ventanas. Pocas eran las veces en las que conseguía ver a alguien. Alguna mujer se asomaba para vernos pasar y sonreía desde el interior de un marco. Mejor era cuando llovía porque entonces el agua contribuía a iluminar un poco esta soledad calinosa y oscura. La lluvia lavaba todo lo que había que lavar. El jabón se lo pasaban de una mano a otra como cántaro de agua. Asimismo, aprovechando toda el agua de la lluvia, las mujeres de Bahía Negra solían lavar sus cabellos. Se colocaban como racimos de plátanos bajo el canalón del agua mientras echaban espuma blanca a sus cabezas. Era todo un espectáculo verlas rientes y gritonas con el jabón reventado entre las manos. Cuando nos veían pasar camino del pueblo sus ojos saltones de huevo azucarado cantaban que Wilson les pertenecía. Wilson Cervantes es uno de los nuestros, regaban entre ellas.

En el centro de la calle, Wilson se puso a dialogar consigo mismo pero con la voz lo bastante alta para que pudiera oírlo el resto durmiente del pueblo.

La catalana dice que estas casas nuestras le recuerdan los barracones nazis.

No me gustó la broma. Tampoco venía a cuento hablarme de ese modo.

Cállate, dije. Y no me llames catalana.

Me molesté de veras. Wilson quería reír y yo sólo pensaba en enfadarme.

Al oírle hablar así, el hombre de la cantina salió a recibirnos llevando en los brazos una caja de botellas vacías. Abrió mucho la boca en forma de saludo. Como le faltaban varios dientes solía destapar las botellas de refrescos con las uñas de sus pulgares, duras como clavos. Los niños de Bahía Negra entraban en la cantina a robarle a Melquíades las chapas de los envases de cerveza. Acto seguido, se escondían debajo de las tablas de las casas vecinas y a Melquíades le resultaba imposible atraparlos. Había épocas durante el año en las que el mar entraba en la selva con tanta fuerza, que aquella única calle del pueblo se convertía en un caudaloso río y días después en una falsa ciénaga. De ahí los pilotes que sostenían las casas a unos sesenta centímetros del suelo y, con todo, el agua solía llevarse mar adentro más de una. Plátanos y palmeras doblaban sus troncos y los niños se divertían subiendo a las copas y jugando a las guerras con sus ramas. Decía Wilson que entonces era cuando Bahía Negra conseguía parecerse a Venecia. Se volvía gris, flotante y sonámbula como la ciudad que contaban las novelas.

El hombre de la cantina no conocía Venecia ni de nombre. Tampoco hacía diferencias entre un escritor y un periodista. El papel impreso valía bien poco si a la postre servía para envolver o limpiar las cosas más abyectas.

Wilson lo saludó tres veces. La primera para hacerse notar y la última para despedirse.

Por suerte no te ha oído haciéndote el gracioso a costa mía, dije.

Latas torcidas y otra suerte de desperdicios se arrinconaban junto a los pilotes de las casas. Los niños salían a vernos y torcían la nariz inquietos ante nuestra presencia. Pero ahora que ya me conocían no se acercaban a mí para palpar una y otra vez mis brazos y mis piernas y cerciorarse de que mi piel no estaba pintada como la de los indios cholos cuando bajaban del altiplano vestidos nada más que con un taparrabos y untados de arriba abajo con tinta azulada. Decía Wilson que los cholos se pintaban de añil el pecho y las piernas para poder diferenciarse de los negros de Bahía. Todavía, cuando yo pasaba delante de ellos, niños y niñas se echaban a reír presos de un ataque de timidez y sorpresa. Wilson me dejaba a un lado para apuntarse en el bando de los pequeños. Los niños se llamaban Rubén, León, Julio Alberto. Las niñas atendían a nombres más exóticos como Ana Lys, Marta Edith o Lucrecia.

Me aparté de Wilson y me acerqué a Lucrecia. La niña dio un ligero salto hacia atrás pero siguió mirándome con la cara seria. Su cuerpo flacucho daba lástima.

Levanté mi mano derecha.

Mira, dije. Aquí tengo seis dedos.

Lucrecia abrió aún más los ojos y me obligó a repetir el truco varias veces. Luego, ya confiada, empezó a caminar junto a nosotros.

Wilson sonreía a mi lado. Es la hija del alcalde, dijo. Qué alcalde ni qué alcalde.

Con la noche encima de nuestras cabezas podíamos caminar despacio porque el aire estaba quieto y apenas quedaban unos metros hasta llegar a casa de tía Irma. Algunas mujeres salieron a mirarnos desde sus casas sin puerta. Pese a que movían las mandíbulas y enseñaban sus dientes, sus ojos no dejaban de advertirme lo poco que sabían sobre mí. La muchacha de Wilson tenía un arma blanca en la cabeza. Yo no podía verla, pero ellas sí sabían cómo y dónde localizarla. Ella sí tiene suerte porque puede ir y venir cuando quiere. Ésta era la única frase que nunca decían.

También pensaron: Este hombre ama a esta mujer y ella ama a este hombre.

Los hombres desconfiaban de este pensamiento interno que sólo eran capaces de emitir las mujeres. La fiesta del corazón no iba con ellos. Cuando me veían venir se sentían en la obligación de repetir mi nombre para ayudarse a creer en lo que estaban viendo. Se mostraban más interesados en hablar con Wilson que conmigo. Ahí estaban también ellos cargados de dudas y acodados como cada noche en las vallas del porche aguardando quién sabe qué. Tal vez nuestro paseo diario a casa de tía Irma.

¡Qué hubo!, cantaron al unísono. Muchas noches ni siquiera se esforzaban por dejar ir una palabra de sus bocas metafísicas. Les bastaba el movimiento del brazo. Wilson les respondía el saludo entrechocando con ellos las palmas de las manos. Sólo un chico llamado el Nene, que se ocupaba de barrer la cantina de Melquíades, me saludaba de vez en cuando. A escondidas de los otros yo le daba uno de los cigarrillos de Wilson que el Nene, después de estudiarlo con precisión científica, se ponía tras la oreja.

Durante los días siguientes a nuestra llegada, la loca Alicia salía corriendo de allá donde estuviera y nos cerraba el paso. Le faltaban varios dientes y hablaba con una maleta vacía entre los labios porque su cabeza siempre andaba viajando de un lado para otro. A ninguna parte.

Alicia no veía a las personas hasta que de tanto acercarse a ellas casi terminaba por aplastarlas. A Wilson le dije más de una vez que su prima parecía una calavera andante.

Apenas comía. Nunca se sentaba con nosotros a la mesa. Su cara famélica invitaba a la compasión eterna. Tía Irma, su madre, la trataba como loca y Jorge Andrés Jaramillo la dejaba hacer. Las más de las veces la ignoraba. Alicia daba miedo. Un cigarrillo encendido colgaba siempre de sus labios como somnoliento y fiel compañero de viaje.

Se daba aires de maestra del pueblo, y si ahora venía a recibirnos era para contarnos su idea de reunir a los niños en la vieja escuela para darles una clase de geografía humana.

Por supuesto que sí, le decía Wilson. A mí no me parecía tan loca como todo el mundo pensaba.

Esta noche, Alicia respiraba humo con bostezos. Tal vez la excitación de vernos le hacía parecer más cansada que de costumbre. Nos detuvo a pocos metros de la puerta y nos cantó al oído:

La abuela quiere verlos. ¡Apúrense!

Contó Alicia que la abuela había recuperado un poco la memoria. Decía lunes, martes, miércoles, sábado y domingo. Decía: Me cago en tus muertos, y acto seguido se santiguaba.

Y dijo además:

¿Dónde está Wilson? Quiero verlo. Sé que está acá. Tienen secuestrado a mi nieto.

A estas alturas todo el pueblo sabía que la misma abuela semanas atrás había gritado:

A este hijueputa no quiero verlo. ¿Y quién será ese diablo llamado Wilson?

La poca luz que había en la casa llegaba a través de un generador eléctrico mandado colocar por su dueño ante la mirada incrédula de los vecinos de Bahía Negra. Era una luz escuálida que teñía la piel de un raro color verdoso. Si se trataba de Alicia, el efecto era si cabe más terrible e inquietante. Parecía la madre abadesa de un convento de murciélagos.

Alicia siempre llevaba la voz cantante:

Ahora, mientras esperamos a la abuela, nos sentaremos un ratico en este cuarto a ver televisión.

Permiso para ver a la abuela era la noticia que Wilson estaba aguardando desde el día que llegamos a Bahía Negra. La abuela había perdido la memoria, decía cosas sin sentido y de vez en cuando se ponía a gritar como una desconsolada. Vivía prácticamente en la cama. Sus gritos me tomaron desprevenida la primera noche, cuando nos quedamos a dormir en casa de Jaramillo y nos cedieron una habitación de techo bajo, junto al corral del patio.

Voy a dormir vestida, dije aquella noche. Mi aprensión tenía dos abuelas. La mala y la dormida. La luz del generador eléctrico no llegaba a esta parte de la casa. A duras penas pudimos desvestirnos. Prefería no ver lo que estaba sucediendo aquí dentro para asustarme menos. Aunque lo peor no fueron los alaridos de la abuela, que me despertaron al poco de acostarme. Lo peor de mi llegada a Bahía Negra, escribí a mi padre, fueron los murciélagos. Hay que verlos. Estos animales repugnantes son terroristas de sueños. Al mismo tiempo que la abuela gritaba, los murciélagos empezaron a aletear sobre nuestras cabezas. Escondí mi rostro bajo la sábana y permanecí quieta como una muerta. Aun así, los murciélagos removían mis cabellos y yo temía quedarme calva.

Imaginé lo peor. Con la voz apagada llamé a Wilson. Tu abuela está durmiendo con nosotros.

Los alaridos y los murciélagos parecían dos enemigos en uno. A cual más agresivo.

Wilson tampoco las tenía todas consigo. Yo no lo veía pero escuchaba su respiración entrecortada.

Desde la cama me puse a contar los años de la abuela. Tendrá más de cien, dije.

Alicia nos invitó a pasar a una habitación contigua a la entrada de la casa. Un cuadro torcido colgado en la pared del fondo mostraba la imagen de una virgen vestida con joyas y condecoraciones.

Sirvió a Wilson otra copa de aguardiente. Dije que no con la cabeza y preferí seguir esperando de pie el momento de conocer a la abuela.

Muy buenas, decía Alicia. Pasen. Acomódense donde puedan. Están en su casa.

Apostada en el marco de la puerta dirigía su llamado a todo el que pudiera oírla. Hombres cabizbajos y huidizos entraban y se sentaban con cautela como si esta invitación no fuera con ellos.

Al poco rato, siete u ocho negros habían conseguido tomar asiento frente al aparato de televisión. Nosotros seguíamos de pie. Wilson un par de pasos más adelante. Me acerqué a su oído.

Cuando Wilson bebía tenía por hábito proteger su desatino pegando los brazos a su cuerpo como si quisiera defenderse de un combate imaginario. No eran tiempos para risas, pero ahora no estaba borracho. Todavía no.

Antes de encender el televisor Alicia anunció a toda la concurrencia que al rato iban a pasar otro capítulo de *Niebla para Úrsula Marquina*, la telenovela de mayor éxito en Colombia.

Se iluminó la pantalla y un zumbido la invadió por completo. Enjambres de insectos luminosos se afincaron en toda la superficie del rectángulo. Supuse que el televisor se había estropeado y que, con suerte, bastaría con aguardar unos minutos de sintonización para que llegase la señal correcta. Pero aparte de mí, nadie pareció inquietarse lo más mínimo por esta situación anómala. Por el contrario, los negros sentados frente al televisor no apartaban su vista de las infinitas salpicaduras del mueble enfermizo. El hombre de la camisa a cuadros acercó todavía más su silla a la pantalla obtusa. Aquel foco rectangular sin más imagen que una nieve ajedrezada tenía embebidos los ojos de los hombres. Sólo Alicia movía de un lado a otro la cabeza y no lo hacía en señal de queja por la falta de visión y sonido sino para asentir con infantil entusiasmo a la secuencia de la historia de amor y celos que todos los reunidos contemplaban. Todos, menos Wilson, que a ratos veía y no veía, y yo, que, insegura con mi cuerpo, no podía terminar de creerme lo que estaba sucediendo.

Le di un codazo. Esto no funciona, dije.

Pero Wilson siguió fumando divertido ante su propia historia de hombre con labios y dientes de borracho.

Me entró la risa floja. En el cuarto del televisor, los hombres se sentían a sus anchas. La emoción embargaba sus rostros de tal modo que ya no mostraban ni pobreza ni miedo. Ni hambre ni sufrimiento. Busqué recuerdos en sus grietas oscuras. Algo con qué narrar el misterio.

Salí a la única calle del pueblo. Volví a entrar. Llevábamos más de una hora así. Una de las veces, Wilson me acompañó afuera. Con sus pies metidos en el barro estuvo concentrado en el mar negro y aceitoso de la bahía. Daban ganas de ponerse a soplar para que algo se moviera y cambiase el absurdo panorama. Por la ventana del cuarto del televisor se asomaban la cabeza medio dormida de alguna mujer curiosa o los ojos de algún muchacho divertido.

El hombre de la camisa a cuadros me miró una vez. Su cara daba miedo.

Entonces llegó tía Irma para decirnos que la cena estaba sobre la mesa y que antes de comer podíamos pasar a saludar a la abuela.

Yo no quería ir pero Wilson me sostuvo por la cintura. Estas cosas no son para mí. No tengo por qué hacerlas. Pero no hice sino ponerme a caminar despacio por el pasillo estrecho.

Conducidos por tía Irma llegamos a un patio pequeño y mal iluminado por la bombilla del pasillo. Olía fuertemente a corral. Conejos, gallinas y otros animales dormidos se arrebujaron aún más en su sueño.

Tía Irma dijo que esperásemos aquí y que ahora mismo traían a la abuela.

Miré hacia arriba. Algunas estrellas brillaban con más intensidad que otras. Llamé a Wilson. Lo tenía muy cerca de mí. Me pareció que ahora el aire se movía un poco. Acaso fueron los animales que volvían a protestar desde su sueño invadido. Ahora es cuando llega, pensé.

Quería irme. Se me cerraban los ojos. Los de Wilson estaban encendidos como lámparas. Este silencio me ponía enferma. Seguí con mi costumbre de construir cosas con palabras.

Con la abuela loca a punto de llegar, los nervios me rompían el estómago. Mis labios se movían en un idioma inseguro. Mi pensamiento era aquí dos veces extranjero. Nunca hubiera podido imaginar que mis ojos terminarían viendo a una de esas estrafalarias abuelas de la narrativa colombiana. Lo que apareció delante nuestro no tenía nada que envidiar a las imágenes de las leyendas consagradas del realismo mágico.

Dos mujeres fuertes y obesas, de ojos almibarados, entraron de pronto llevando a la abuela por los aires. Sentada en lo alto de una silla la abuela parecía la muerte vista desde el cielo. La bandera de su camisa de dormir sobrevolaba el patio. Vestida con bata de barbero la abuela aterrizó junto a las jaulas de conejos. Permanecí quieta en mi puesto y algo retirada del centro. Pensé en mi padre durante largo rato. Aparté este pensamiento porque me robaba las pocas fuerzas que todavía me quedaban. Tía Irma fue la última en llegar al patio. Menuda hazaña, pensé.

Wilson, que aseguraba no haberla visto desde hacía

mucho tiempo, levantó su brazo para tocarla. Yo di un paso hacia atrás. Éste no era mi sueño. El silencio daba órdenes. Dejad a la abuela sobre el suelo. Si tengo suerte, pensé, la abuela no alcanzará a verme. Fui gallina por un rato. Conejo trémulo.

Colocaron a la abuela en el centro del patio. Parecía una estatua sin vida. Fuente sin agua.

Aquí estará bien, pensaron las mujeres.

Ahora es cuando va a morirse, pensaron también. Porque el primer pensamiento no contradecía al segundo. Hay momentos en que dos pensamientos opuestos se suman y ninguno miente. Conspiradores del miedo pensamos dos cosas a la vez porque si vivimos también morimos. Esto era lo más extraño.

Su piel translúcida y blanca se cuarteaba por la parte del cráneo donde unas hebras largas y delgadas de cabello le colgaban como agujas de media. Verse reflejada en mi sorpresa y mi miedo debió ponerla de mal humor. Me miró de frente como si yo fuera la enferma y ella la enfermera de guardia. No le gusté. Su nariz parecía el pico de una azada.

Tía Irma vino en mi ayuda. Ahí está su nieto, dijo. Es Wilson.

La abuela no dijo nada. Su mirada seguía perdida en la sombra de un fantasma. Wilson se acercó a ella. La abuela resopló. Se agitaron las gallinas.

Confundió a su hijo con su nieto.

Acércate, Toño, dijo.

Nadie pensó en llevarle la contraria porque al fin y al cabo la abuela loca estaba fuera del tiempo y jamás podía imaginar a un nieto suyo ocupando el lugar del padre de tantos hijos perdidos.

La abuela preguntó quién era ésta.

Nadie pensó en oírme. Me dejaron castigada en el rincón oscuro. Mi camisa abierta sin botones. Mi pantalón de hombre tenía desabrochada la cintura. Mis sandalias sucias de barro. Mi trenza desatada. Mi vientre enfermo. Mi piel herida por el banquete de zancudos. La juventud y el amor. Todo era mi castigo.

La abuela loca torció la cabeza. Como la felicidad no estaba en ninguna parte los ojos de la abuela decían que mi presencia aquí era un estorbo. Todos tratábamos de ser felices menos ella, que impedía cualquier paso a la esperanza. Desde nuestras falsas sonrisas tratábamos de brindar satisfacciones a la mala sangre de la abuela. Pero la muerte se negaba a comprendernos.

La abuela dijo que no le gustaban las muchachas flacas y paradas en las esquinas como árboles sin hojas. Su dedo índice señalaba un no rotundo mientras que su cabeza caida completamente hacia un lado golpeaba síes mecánicos y homogéneos.

Al final, todos rieron porque la abuela estaba loca y decía cosas sin sentido. Con sus manos cadavéricas rompió el tallo que unía la vida y la palabra. Prohibimos las palabras.

3

Mi historia con Wilson empezó la tarde siguiente al día en que me encontré con él en la ciudad de Bogotá. La calle tronaba. Debajo de la ventana de su apartamento la manada de autos se extendía como un río. También las personas se apretaban como rebaños de ovejas. Daba cierto recelo salir a la calle, pero Wilson me dijo que si andaba con cuidado no iba a sucederme nada.

Aquella noche nuestros cuerpos durmieron pegados uno junto al otro como si temiéramos destruir el sueño que acabábamos de inventarnos. Mientras respiraba secretos a su oído dejé que mis ojos volasen de un lado a otro de la habitación en busca de pistas reveladoras sobre su intimidad dormida. La persiana plegable de lamas finas colgaba hacia un lado como escuadra desvaida y torcida. Encima de la repisa de la ventana, un retrato en blanco y negro mostraba el rostro de una mujer hermosa. Especulé sobre su parecido al de la actriz italiana Anna Magnani. Junto a la cama se acumulaban libros y periódicos atrasados. Las colillas desbordaban los ceniceros. El dormitorio, iluminado por las luces de los edificios vecinos, parecía girar alrededor de nuestro sueño.

Habíamos hecho el amor como viejos conocidos que tienen prisa por devorar los secretos del encuentro. Cada abrazo era un premio que nos entregábamos mutuamente. Wilson se agarraba a mí como si quisiera salvarme de un suicidio. Había tomado mi vida en sus manos y por un momento imaginé que iba a colocarla junto a la mujer de la fotografía en blanco y negro.

Cuando dijiste que ibas a la cocina a preparar una comida merecedora de este encuentro, permanecí tumbada en la cama como si aún esperase que fuera a sucederme algo. La voz de una cantante negra sonaba a mis espaldas. Deseé que la vida se mantuviese siempre en este estado de visita, de introducción previa a un milagro. Pero no te lo dije. Me revelé como enferma y consentida. Así era el amor que te entregaba.

Por alguna razón, volviste a buscarme. Te acercaste a la cama. La habitación daba vueltas. Aquí estaban las revistas y periódicos. Un poco más allá seguía el retrato. Luego, el amor se hizo blando. Mi piel se erizaba como el césped. Tu cabello era duro y espeso. Olía a tomate hervido.

Dejé que me desnudaras.

Despacio, dijeron mis caricias.

No podía hablarte de amor porque entonces no era amor.

Empezaste a olisquear mi piel como animal que busca calor y reconocimiento. Hurgaste en mis axilas. Levantaste mi cuerpo como un libro grande que se rompe por el centro. No podías ver nada. Me convertí en tu hija. Te mordí en el pelo.

En la muerte crezco.

45

Es en el peligro cuando hablo. Entonces, no hay quien me haga callar.

Deja que te cuente. El amor no quiere ser amante. No quiere ser barquero. Se deja llevar por las palabras. Navega en solitario. Velas salpicadas de agua le rozan la cara. Pasan ríos, montañas, valles y glaciares. Nunca se detiene. No escribo porque amo. Tú sabes muy bien de lo que hablo cuando hablo. Detesto la poesía cuando hierve. Nací para estar colgada. Por eso tengo miedo.

Todo esto quise decirte y me callé porque en el amor se repiten los ecos de otros sueños.

Wilson sonrió de verme estremecida. Una muchacha escuálida y flacucha se había introducido en su cama de Colombia y suspiraba en su cuarto de escritor diciendo que iba a quedarse allí durante todos los días de su vida. Estaba de rodillas y con la voz perdida como si de un laberinto se tratara. Miraba y no podía creerlo.

Quieta, gritaste. Me quedé firme. Sin moverme. Clavé las uñas en tu espalda. Un amor como éste podía durar toda la vida y yo no quería un museo del tiempo. Dejé ir mi cabeza hacia otro lado. Me vi reflejada en el muro. Un fantasma de la lápida. Tus paredes tan blancas descubrieron el cuerpo. Éramos más de cuatro removiendo las sombras de este dormitorio.

Me muero, gemí.

Te negaste a creerlo.

Me muero, repetí.

Lo negaste de nuevo. Pasaron cien años. No quisiste creerme hasta que por fin también tú dijiste una mentira.

Sí, multiplicaste mil veces.

Crecí. Me alargué. Me descubrí mil brazos. Fui tu madre por un tiempo.

Ven, dije.

La mujer del retrato clavaba sus ojos en mi cuerpo desnudo y lastimado. Te dormiste en mi hombro. En el sobresalto de un sueño escuché de pronto el nombre de otro nombre.

No soy yo, dije.

Cállate, pensé.

Qué lapsus ni qué lapsus, dije.

Te pusiste a reír porque el nombre pertenecía a una historia baldía y denostada. Un tiempo ya pasado.

A mí no me hizo gracia pero reí también porque aún no había abierto mi equipaje. Y estaba sola. Pregunté por el rostro del retrato. Vi la sonrisa de Libertad Martín en la sombra de tu cara. Era cierto que estaba desgastada. Pero así y todo.

Libertad Martín tenía una peluquería en el barrio de la Candelaria. El viejo barrio, pequeño respiradero histórico de la capital colombiana, era famoso por sus callejas que subían por la falda de la montaña como terrazas cubiertas de varios colores.

La de Libertad era una casa colorada con ventanas azules.

Wilson me contó que Libertad se ganaba la vida arreglando los cabellos de putas y actrices de teatro. Sus clientas eran tan escasas como sueltas de lengua. Cuando se cansaba de peinarlas y poner oído a sus historias amorosas, Libertad salía a la calle a sentarse con sus vecinas y comer con ellas copos fritos de maíz y patacón machacado.

Tenía la voz pesada y ronca de mujer que ha vivido a todo correr los años de su tiempo. En el salón de belleza repasaba los textos de sus guiones de teatro. Peinaba a sus clientas con párrafos de autores destacados. Mezclaban a Ibsen con el actor Banderas, a Shakespeare con la reina de Bulgaria.

Las vecinas de la Candelaria venían a contarle sus penas. Ya que sus alegrías apenas cabían en sus bocas de vidas desesperadas. Wilson dijo que con tantas historias sobre la vida de aquellas infelices terminó escribiendo una crónica de las putas del barrio de la Candelaria.

Cuando conoció a Libertad, ella llevaba dos anillos en cada mano y estudiaba para maestra. No deseaba jugar a enamorados conmigo. Su destino era el teatro. Fue luego cuando abandonó sus estudios porque de algo tenían que vivir y Libertad pensó que el verdadero talento creador lo tenía Wilson.

Se hizo peluquera para que Wilson pudiera terminar sus estudios de periodismo. Lo inaudito es que tampoco llegó a terminarlos. La necesidad me hizo ser periodista antes de ser periodista.

Con las tijeras de peluquera en sus manos pequeñas Libertad se sentía poderosa. A veces era morena y otras veces era rubia. Las cejas las tenía muy marcadas. Al verla con sus tijeras de peluquera nadie podía creer que Liber había elegido en la vida el papel de perdedora. Su carrera de actriz estaba cortada por la mitad. Nunca pudo soportarlo. Me lo echaba en cara. Veía en su fracaso el fracaso de la vida de sus propios padres que el exilio republicano había partido por la mitad.

Tenía el nombre de España en la punta de la lengua. Lo sacaba en cualquier ocasión aunque no viniera a cuento. Nadie podía dejar de verla como una auténtica colombiana.

Liber cortaba con sus hombres con las tijeras de peluquera para poco después volver a recuperarlos con sus dientes de teatro. Tampoco es que reclamase grandes cosas a sus amantes. Entraban y salían del salón de belleza con la misma naturalidad con la que, poco después, se despedían para siempre de su vida.

La mañana en la que Wilson y yo entramos por primera vez en la peluquería, Libertad estaba comparando a Jesús con un borrego.

La mujer sentada frente al espejo dijo: La verdad es que yo no sirvo para reflexionar.

Se llamaba Lady.

Lady, hágame el favor y mantenga firme su cabeza, no me la mueva tanto, suplicaba Liber.

La mujer obedeció de mala gana. Su ojo derecho vigilaba el par de tijeras que planeaba sobre su frente mientras que con el izquierdo trataba de no perder detalle de la revista de corazones solitarios que mantenía abierta sobre la falda.

La pintura de las paredes se caía a trozos debido a la humedad que despedía el suelo. Todos teníamos cabellos que peinar, pensé. Preferí no mirarme en el espejo.

El color de pelo de Lady llamaba la atención como un semáforo siempre en posición de ámbar. Lo estaba reclamando muy crespo y peinado hacia arriba.

Cómo un pararrayos, preguntó Liber.

Lady soltó una carcajada. También nosotros nos pusimos a reír al ver su boca abierta como infierno abrasador. Casi todos sus dientes estaban recubiertos de oro. Agitaba los dedos frente al espejo de tocador como si quisiera levantar el mundo con sus manos. Llevaba las uñas pintadas de un color difícil de definir. Más azul que verde. Más violeta que morado. Pese a los afeites su aspecto de indígena de la Sabana recién aterrizada en la ciudad saltaba a la vista. Vestía a la moda del París nocturno y desmembrado. De cintura para arriba su ropa no tenía nada que envidiar a la de cualquier prostituta de capital europea. Una camiseta ceñida y estampada en piel de leopardo le abría el canal del pecho dejando libre buena parte del mismo. De cintura para abajo era otra cosa. Los dedos de sus pies sobresalían por el extremo de unas zapatillas sucias y desteñidas.

Lady trató de ignorar nuestra llegada. A Wilson hizo como que no lo conocía. Quería a Liber para ella sola. Temía ser abandonada en el momento más crucial de su peinado. Avisó de forma clara que la peluquera era suya.

Había iniciado un largo discurso a propósito de todo aquello que contaba la revista sobre el vestido de lamé furioso de una de las princesas. La voz de Lady parecía emerger de un aparato de radio averiado. Costaba entenderla. Hablaba con el espejo. Insistía en olvidarnos. Lady no quería saber que todavía seguíamos allí.

El cepillo de Liber vino a señalarnos.

Ésta es Rat, dijo Wilson.

Me apuro y en unos minutos estoy con ustedes, dijo Liber.

No volvió su cabeza hacia mí, pero separó sus labios más de la cuenta como quien desea ser admirado y reconocido por el público. Busqué sus ojos en el espejo de Lady y empecé a hablar de forma atropellada. No te comas las palabras, pensó Wilson. Vi mi voz en el espejo. Tenía una piedra en la lengua. La escupí. Una espina en la garganta. Las palabras me salían a pedazos. Sentí que estaba hablando en una lengua extranjera.

Terminé sentándome en la silla del lavabo de cabellos. Liber calzaba sandalias de tacón alto y sus piernas lucían espléndidas. También sus brazos estaban desnudos. Se había atado el cabello con un pasador en forma de mariposa. Mechones rebeldes le caían por cuello y orejas y rozaban continuamente sus mejillas.

Cuando Wilson encendió un cigarrillo, yo no sabía qué hacer con mi cuerpo. Al cabo de un rato decidí levantarme e ir a sentarme en la silla vecina a la de Lady. Me metí de lleno en el espejo de tocador que tenía enfrente. Vi la palidez de mi cara, la piel desteñida y avara de sol, las mejillas mustias y angulosas, los ojos desvaídos y con la mirada hacia adentro como búhos nocturnos, el cabello largo y fino con las puntas rotas y perdidas sobre mi espalda. Llevaba puestos unos vaqueros viejos y una camiseta de algodón estrecha y tan corta que dejaba mi cintura al descubierto. No me gustó lo que estaba viendo.

Entonces hice lo que no debía. Pedí poner mi cabeza en manos de Liber.

Lo quiero corto, dije. Con flequillo. Cortado recto. Con tijeras.

Lady se iba contenta con sus uñas alzadas al viento como si estuvieran recién pintadas. Prometió que regresaría al rato con la plata. Soñó con encontrarnos todavía allí.

Hasta lueguito, dijo.

Todos fingimos creerla. Ahora me tocaba a mí. Liber me echó un peinador sobre los hombros y, sin abrir la boca ni un segundo, empezó a dar varios tijeretazos. No tardó demasiado en convertirme en otra. Vi una extranjera en mi cara. No soy una puta, pensé.

Wilson llevaba ahora la conversación.

Un loco y un bruto amenazan mi libertad, dijo. Vivimos de prestado. No tenemos un lugar seguro en la ciudad. ¿Te digo dónde?

No quiero saberlo, dijo Liber.

Cambió de tema y habló de su teatro en la Casa de la Cultura. Habló de amigos comunes y de los libros de Wilson, que como los tenía consigo estaban en buenas manos.

Estas manos no son de fiar porque muerden mi cabello.

Aquí no pasa nada, mintió Liber.

La frase nos dejó pensativos.

Tampoco el espejo me reconocía. No sabía si estar contenta o enfadarme.

Iba a decir que en Bogotá, debido a su contaminación tremenda, tenía que lavarme el pelo a diario, pero supuse que éstas eran palabras de turista prepotente y terminé callando.

Las tijeras de Liber iban de un lado a otro creyendo saberlo todo del mundo. Basta, pensé.

Saltó mi voz más obtusa: En esta ciudad te roban la cartera por menos de nada, dije.

Wilson quiso apoyar mi tesis y multiplicó la idea: Te matan tanto si llevas cuidado como si no. Tu propio escolta es tu enemigo.

No es cierto, dijo Liber. Uno está quemado. Ésta es la vaina.

Entonces fue cuando señaló a Wilson con sus tijeras de peluquera.

Sí, dijo Wilson.

Los vi pelearse a través del espejo. Me alegró su desacuerdo. No la amaba. Wilson apoyó una mano en mi hombro. Después miró a Liber: Conozco a los que piensan como tú. Me sentí apoyada a través del espejo.

Liber dijo entonces que allá adonde íbamos sólo había negros puros y perezosos.

Si es así prefiero no saberlo, pensé. Y ella, ¿por qué sabe lo que sabe?

Negros y tijeras fue lo único que quería enseñarme.

Por suerte, se abrió la puerta y entraron dos nuevas clientas. Las mujeres venían para algo privado. Cantaron buenas tardes. Como yo ya tenía un nuevo cabello en la cabeza el conflicto estaba resuelto. Podíamos irnos.

Nos vemos en el teatro, dijo Liber.

Me sentí molesta porque estaba claro que yo a Liber no le había gustado. Esta mujer no sabe lo que dice, dijo Wilson. No la tomes en cuenta.

Subimos al autobús y también el conductor trató de confundirnos por un rato. Nos tuvo perdidos durante horas. Cualquiera diría que esta ciudad es un laberinto, dijo Wilson. Por fin, se detuvo y un grupo de viajeros se apeó. Un hombre que estaba a mi lado, antes de bajarse, anunció a los que seguíamos sentados:

Ni Pablo Escobar manejaría de ese modo.

¿Por qué dice eso?, pregunté.

Wilson bajó la voz por si las moscas. A veces, Pablo Escobar viaja de prestado. Le da por secuestrar un autobús y a los pasajeros los tiene de un lado para otro hasta que se cansa.

¿Por qué me hablas en presente cuando te refieres al pasado? Pablo Escobar ha muerto.

Pues quién sabe, dijo Wilson.

Después de llevar un buen rato en la puerta del teatro de la Casa de la Cultura esperando a Liber, Wilson dijo que eran las nueve y media de la noche y que Liber no venía. Nos habían contado que ésta era una zona crítica porque anoche un mendigo acuchilló por las buenas a uno de los actores del teatro.

Decidimos entrar al teatro por la puerta secreta. Nos costó abrirla. En lugar de empujarla tuvimos que tirar de ella hacia nosotros. Deja que pase primero, dijo Wilson. Entramos por un pasillo muy oscuro. A medida que íbamos avanzando se oían voces. El escenario también estaba oscuro. Tropecé con una silla que no llegó a hacer ruido por milagro. Apenas una bombilla solitaria alumbraba la escena. Varias mujeres hablaban entre sí junto al cirio encendido. Liber destacaba sobre las otras. Aquella mañana, en la peluquería de Liber, a propósito de *Las tres hermanas*, de Chejov, Wilson había insistido en que era Beckett y no Chejov el autor más apropiado para denunciar la tensión revolucionaria latente.

Liber dijo Chejov.

Wilson dijo Beckett.

Tampoco sobre este punto se pusieron de acuerdo.

Actores, pensé. Sólo ellos pasan de la risa al llanto, del grito al silencio.

El actor que interpretaba a Tusenbach dijo: Avanza sobre nosotros una mole tremenda, se prepara una fuerte tormenta.

Masha, interpretada por Liber, estaba resplandeciente, iluminada su melena negra con la luz blanca de la melancolía. Allí de pie frente a un público inexistente trataba de explicar por qué los soñadores son incapaces de luchar para dar vida a sus sueños.

Tenía el amor fijo en la mirada pero su boca despedía espadas. Decía que a los militares las manos les huelen a cadáver. Son unos homicidas, dijo.

Todos estábamos con ella. A mí también me parecían demasiado comunes los tipos crueles y pendencieros, incluido el hermano Andréi, que era la esperanza de la familia y lo destruye todo. Un impostor. Un traidor. Un desastre.

Al terminar la representación, Liber nos invitó a juntarnos con los actores de la obra. Cada uno tenía en su mano una copa de vino tinto que enseñar al otro como tarjeta de visita. Tardaban en hablar porque se mostraban expectantes ante la opinión que a Wilson le había merecido su trabajo.

El que en escena había sido el hermano Andréi, un muchacho joven, de ceño fruncido y ojos muy rasgados, fue el primero en levantar la voz para referirse a la ex guerrillera Marcela Salcedo. Tenía el flequillo largo y cara de pocos amigos.

Los demás actores aprobaron la propuesta del compañero rebelde. Liber me daba continuamente la espalda como si también allí fuese la directora de escena. Otro muchacho al que alguien llamó Rubén terminó por decir como si estuviese declamando:

Estamos bebiendo sangre y callamos. Subimos al escenario y nos despreocupamos. Ahora somos todos cómplices.

Lo cierto es, dijo Liber, que afuera todos tratamos de llevar la vida normal y corriente como si éste no fuera un país en guerra. De otro modo, nos habríamos exiliado.

A México, dijo uno.

A la ex guerrillera Marcela Salcedo en según qué momentos la llamaban Chela. Pasaron varios minutos antes de que yo pudiese averiguar que la Salcedo había sido una guerrillera desmovilizada que el Gobierno se había dado el lujo de asesinar hacía pocos días.

El hermano Andréi levantó la copa de vino y brindó por Chela Salcedo.

Me sentí tan cohibida que no me atrevía a preguntar si había sido el Gobierno o los paramilitares. Pero esta pregunta la formuló otro. Sentí que me la había robado.

¿Quiénes la mataron? ¿El Gobierno o los narcomilitares?

Lo preguntó el actor llamado Tusenbach. Daba lástima verlo fuera del escenario. Allí crecía como un sabio y un sonámbulo. Pero aquí llevaba puesta una camiseta blanca con el rostro singular del Che Guevara estampado en toda su parte delantera.

El Gobierno, carajo, respondieron los enterados.

Al poco rato, las actrices consiguieron robar la palabra a los actores. Tal vez porque Liber seguía en bambalinas dirigiendo la reunión secreta. Ella era la jefa de esta célula urbana y clandestina de la guerrilla colombiana. Ahora pueden venir a matarnos, pero no lo harán porque esto es teatro.

Parecía teatro pero no lo era. Además, con mi castellano daba la sensación a todo el mundo de que yo acababa de aterrizar en un español confuso.

Hasta que no se resuelvan de una vez los problemas de salud y de vivienda no dejaremos la guerra.

Esto lo dijo más de una. Y el último en decirlo subrayó que la frase no era suya sino que la había escuchado decir de sus propios labios al maestro Tirofijo. El legendario Marulanda, jefe absoluto de las Fuerzas Armadas Revolucionarias Colombianas.

Las palabras de las actrices convencían no porque fuesen nuevas sino porque sabían dar en el blanco de la idea. Se terminaban colocando a la vista de todos como dianas tocadas en su centro por una perfecta puntería.

Mi padre es Juan Rulfo, pensé.

Dije Rulfo porque sabía que era el escritor más callado de la Tierra.

Después de comer arepas frías y saladas, el actor llamado Tusenbach me miró a los ojos con la camiseta del Che fotografiada en su mirada.

Ahora que hable la poeta, dijo.

Me precipité a negar que yo fuese poeta o algo parecido.

Wilson dijo: No es una acusación. Tómatelo como un cumplido.

Entonces hubo uno de esos silencios tan enteros que ni siquiera pueden explicarse. Todos se sintieron cohibidos.

De nuevo intervino Wilson para tratar de salvarlo.

A Rat le ha entusiasmado la obra que interpretan.

Yo también tengo palabras, quise decir. Pero no las tenía, de lo contrario las hubiera echado cuanto antes.

Sí, respondí a deshora. Sí, repetí. Seguramente me quedaré en el país mucho tiempo.

En mis palabras vi mi rostro. Palabras de nadie.

4

De noche la selva tiene su propia luz que sólo se deja ver a ratos espaciados. La selva es una ciega que recuerda. Durante el camino de regreso a casa veo árboles declinar a nuestro paso. Se abrazan unos a otros como fantasmas dormidos y sus ramas vigilantes permanecen atentas al movimiento de nuestros pies ocupados en tantear el terreno. Ahora veo. Ahora no veo. Pero hemos andado el camino tantas veces que puedo repetir casi de memoria cada una de las grietas y hendiduras que atraviesan nuestra marcha. No por conocer a fondo la inquieta geografía del suelo que pisamos prescinde Wilson del machete. Sacude las ramas como si buscase en ellas animales peligrosos. La noche nunca se repite. Ciertos helechos pueden crecer de pronto y extender sus ramificaciones a medida que avanzamos a través de ellos. Tenemos que apartarlos con un golpe contumaz y certero o bien esquivar sus hojas puntiagudas y tan pegadizas como inmensas telarañas que tratan de enredarse en nuestros ojos. He aprendido a andar con los brazos sonámbulos, como si un sexto sentido llegado de quién sabe dónde viniera a socorrer mi inercia olvidadiza y mi cansancio.

Ahora estoy viendo pasar el río a nuestro lado.

Los caimanes pueden atacarnos, digo.

Aquí no hay caimanes, dice Wilson.

Niega lo evidente. Cuando se supone que acabamos de comer pescado resulta que aquel alimento no era otra cosa que carne de serpiente. Lo niega casi todo para no asustarme. Es a causa de la resignación quebradiza que asola a todos los colonos del lugar del cual Wilson, al fin y al cabo, forma parte. Nada importa. La noche es corta. Y ya estamos en otro día tan parecido al anterior como distinta es la noche de la espera. Se vive al momento. No se vive. La vida puede romperse en cualquier instante. Se respira con la intensidad propia de perdedores eternos. Ganar es morir, también, a veces.

Veo la luna. No la veo. El bochorno nocturno se acerca a recibirnos y se abraza a nosotros como el espíritu que brota de los árboles recientemente vencidos. La luna es la madrina de la selva. Dentro del monte cada árbol, cada mata, cada hierba tiene su dueño. Mientras caminamos, también las palabras justas e imprecisas van cayendo a nuestro lado como gotas de agua que cuelgan de los árboles. Veo las palabras caer en el camino. Elijo las mejores. Las aparto como hojas secas que coloco entre las hojas de un libro.

Auden es un loco, dice Wilson. Tolstoi un anacoreta. Keats, un visionario. Ashbery, un comediante.

¿Y quién es Ashbery?

No siempre responde de inmediato a mis preguntas. Las mastica con parsimonia. Ahora arremete contra una rama hasta cortarla de cuajo en un solo golpe delicado y certero.

Era una serpiente. La misma culebra que vimos ayer, dice.

Yo digo que nos estaba esperando.

Tal vez sea otra.

Optamos por apartarla a un lado. Cuando la dejaste partida en dos parecía viva.

Nunca recibí noticias de mi padre. También en mi país las cosas parecían ser de una manera y eran otras. Cuando alguien trata de regresar a él, los propietarios del país se dedican a ponerle redes. Temen que los inmigrantes quieran destruirlo.

Créeme, dije. Este país está dañado.

Qué mentalidad más pequeña y timorata, dice Wilson.

Seguimos hablando en voz baja como si temiéramos romper la conversación de las aves nocturnas.

Wilson dice que la identidad sólo es productiva cuando no se piensa en ella. No hay cosa más estéril para una persona o un país que estar afirmándose continuamente, porque uno siempre se afirma negando al otro.

La novela de Wilson viaja con nosotros como una maleta abierta. Se hace notar a todas horas. Su novela es el escondite oscuro que da sentido a este lugar.

Yo soy viejo, dice. Tú eres joven.

Le respondo que su maleta está llena y la mía vacía. Leo un libro y en seguida lo olvido. Por el contrario, tú, Wilson, puedes repetir páginas enteras de memoria. No sé cómo lo haces.

Repetir no es escribir, dice.

Caminamos muy juntos los siguientes pasos.

Aquí me tiene segura, pensé. Ahora le pertenezco como cualquier animal perdido en este bosque. Aunque nunca me rindo del todo. Ni en los momentos de mayor debilidad termino por hundirme. Se trata de un intento frágil y poco duradero.

Como una hoja soy lanzada a la intemperie. Escucho el mar. Todavía no es el mar.

Ya llegamos. También Wilson pone su atención alerta. Se detiene.

Aquí pasa algo, dice.

Nos quedamos quietos en el camino oscuro.

Es allá arriba.

Buscamos entre las copas de los árboles. Todavía no vemos nada. La selva es un océano de espuma verde ennegrecida. Evito confundir el bosque con el cielo. Seguimos sin ver claros. La frondosidad es doblemente tenebrosa por culpa de este ruido alarmante e incierto. Por allá parece que se vislumbra algo. El motor de una avioneta suena cada vez más cerca.

Son dos aviones, dice Wilson. Planean por encima nuestro. Podemos oír sus motores pero aún no hemos conseguido verlos.

Algo extraordinario debe suceder para que se atrevan a pilotar en una noche tan oscura.

Seguimos mirando hacia arriba. También los animales han enmudecido. Todo permanece a la espera.

Entre la maleza cae un espeso polvo. Los árboles se ensucian de humo.

Es fuego, digo. Pretenden incendiar el monte. Todo va a arder de un momento a otro.

Nos ponemos a correr hacia la playa. Wilson me ordena que me cubra la boca, la nariz y a poder ser también los ojos. Quítate la camisa. Le obedezco y ato mi camisa alrededor del cuello. Lo que están haciendo estos aparatos es fumigar los campos de coca y amapola. Alguna porquería nos estarán echando. Puedes estar segura.

No veo nada. Aun así, corremos en dirección al mar. No estamos lejos de casa. Oigo el mar.

Los ojos me escuecen como espinas. Seguimos corriendo. Parecemos forajidos. Ramas invisibles azotan mi cuerpo. Tengo heridos los brazos. El vientre arañado. El corazón molesto.

Wilson dice: No respires.

Trato de respirar lo menos posible.

Cuando por fin llegamos a la playa los aviones quedan a nuestras espaldas. Sus motores resuenan cada vez más lejos. El polvo lanzado a ráfagas la brisa del mar lo expulsa hacia el interior del monte. Aquí podemos respirar sin trabas. Sin pensarlo dos veces nos desprendemos de la máscara y nos zambullimos en el agua. Es tanta la prisa por quitarnos el veneno de encima que asustamos a las tortugas. Hay que lavarse rápido. También las tortugas pueden morir por culpa del veneno.

Wilson dice: Soy capaz de regresar al pueblo para ir a beber algo en la cantina.

Me hago la sorda. Camino lentamente hacia la casa. Como no respondo está claro que me disgusta la idea.

Una vez dentro lo veo ir de un lado para otro con la lámpara en la mano. Por fin encuentra la última lata de cerveza que andaba buscando. Existe un Wilson que iría cada noche a la cantina y otro que se resiste a hacerlo. Cuando Wilson se encierra en su novela tampoco sé adónde va. Viaja. Pierde su destino.

Háblame, digo. Cuéntame cualquier cosa.

Wilson sonríe y pega su boca a mi mejilla. Ahora que ha venido a acostarse a mi lado. Hoy que está vencido.

En una ocasión recitó un poema de Auden todo entero.

La loca Irlanda te hirió hacia la poesía, dijo.

Pero Wilson, entonces no dijiste Irlanda. Dijiste Colombia.

Escribir es traicionar la lengua, dice.

Mi cabeza se acopla al hueco de su hombro. Me sostienen sus brazos como la red de pesca cuando está vacía y levanta sólo agua.

Me gusta verme con una voz distinta cada día. Una voz que dice las palabras de otra. Es entonces cuando hablo y hablo sin que nada me detenga con tal de poder oír la voz de esta otra que desconozco. A oscuras, en la cama, las palabras crecen más deprisa.

La fumigación nocturna me ha puesto nerviosa. Acabarás comiéndote la lengua si sigues hablando así.

El cigarrillo encendido es el único punto de luz en esta oscuridad de sombras. Cuando Wilson lo acerca a su boca veo fuego en sus mejillas. Parece que ha levantado el viento. Ponte a soplar, dice. Pronto se hará de día. Esta brisa la sentimos como alimento bendito que limpiará el veneno caído del cielo.

La noche mantiene aún las llaves de la casa. A ratos, cuando nada sucede y las palabras mudas tampoco sirven para salvar mi nostalgia, me siento amenazada por el paso del tiempo como arma de fuego silenciosa que alguien hiciese disparar en mis manos. Tengo que hacer algo y no sé de qué se trata. La vida corre tan deprisa. Mi cuerpo duerme mientras yo, despierta, lo vigilo. Me veo dormir. Pienso soñando que sueño. A través de la ventana veo el despertar verde de los árboles. Es un verde que de tan brillante empalidece el rostro de los blancos e ilumina de vida la piel oscura de los negros. Un hombre está hablándome al oído sobre otros hombres que hablan en silencio. Fuma y habla. Wilson dice que lo prefiero a él por ser negro. Digo: No. Qué dices. Un negro blanco. Un blanco negro. Qué más da. No quiero un padre. Más que un hombro quiero una voz a mi lado. Un nido de palabras. Un silencio. No respiro. Moriré de amor. Moriré de inanición. Si no respiro, moriré. Si soy picada por cierto mosquito, moriré también. Si el hongo herbicida es el llamado *fusarium oxysporum*, moriré también. Si muere Wilson, moriré.

La muerte suele venir a visitarme. A veces, no me encuentra. Y se va sin dejar nota. Jamás se entretiene a esperar mi regreso.

Me cubro a medias con la sábana. Sigo sin tener sueño. Quiero regresar al camino antiguo. A la voz de los recuerdos.

Lloras porque eres joven, dijo Wilson.

Me soné con la punta de la sábana.

No es por mi padre. Te ruego que me comprendas.

Wilson me apretó hacia él. Dijo que le gustaba mirar mi cuerpo desnudo. Mi cuerpo era flaco. Estúpido de formas todavía no resueltas. Marcado por turbias señales de duelo. La verdad no favorece. Mi tristeza era mi piel.

Insistió en subirme sobre su vientre con mis piernas rodeando su cintura. Sentada allá arriba me creí dueña de este hombre y su condado. Dejé que mi cuerpo multiplicase sus deseos. Tuve cuatro ojos, dos narices, tres bocas, cinco labios, siete pechos.

Wilson me enseñó sus dientes.

Esto es más serio de lo que crees, pensé.

Y yo era incapaz de soportar que me tomasen por la fuerza. Éste era mi miedo.

Relájate, dijo. El amor calla para proteger todos los deseos de un cuerpo. Pero los míos eran charlatanes e infinitos. Costaba mantenerlos sujetos. Verlos venir y manejarlos a capricho. La sabiduría dicen que consiste en aprender a sujetar las riendas descontroladas del sexo.

Déjame hablar, pensé. Dame tiempo.

Imaginé sus pensamientos.

Como lo quiero todo en un instante, cuando amo y cuando hablo el presente ya es pasado y el placer llega siempre con retraso, una vez el cuerpo está vencido y nadie queda en vilo para atender tus ruegos más secretos.

No puedo ser feliz. Cuando leo, soy lo que leo. Cuando duermo soy el sueño que me observa dormir. Cuando amo soy el otro cuerpo que me mira.

¿Dónde está Wilson?

Mi piel sigue pegada suavemente a la suya. Sólo su perfume es verdadero. Cuando te beso, me beso. Cuando me abrazas, te detesto.

Relájate, dices.

Mis dedos te abandonan. Te gustaba. Pero ahora te dejan. Te doy la espalda. Soy joven, inexperta. Mi corazón te ama pero mi miedo se resiste. Estoy tratando de contarte algo muy importante mientras tú te dedicas a hurgar en mis entrañas.

¿Qué te ocurre?, preguntas.

No rezo. Estoy pensando. Créeme.

Esta vez no lo has dicho. Te has callado. Esta vez no has abierto la boca. Yo lo he visto. Si no lo pensabas, entonces alguien lo repetía por ti a nuestro lado.

¿Has oído? Alguien ronda allí afuera.

Es el mar, dices. Siempre imaginando cosas que no

existen. Y mejor si existen. El mar te confunde verdad con mentira.

No es el mar. Es Aida. Te juro que es ella. Siempre anda olisqueando las sombras. No me fío. He podido sentir su aliento aquí al lado. Aida nos está mirando. Seguro. Qué te juegas. Tiene los oídos finos. Parece como si necesitara crecer con ellos.

Olvídate de lo que sucede afuera. Esto es un milagro o un misterio.

Wilson, no me oyes. No me estás escuchando. Como un hombre que compite contra sí mismo te niegas a que yo forme parte de tu juego.

Si pudiera tocar el piano, me salvaría. Si fuera pianista estaría salvada para la vida y la muerte. Es lo que pienso. Tú no lo sabes porque te has pasado la vida haciendo y deshaciendo. Eres afortunado en palabras. Vas y vienes por el calendario. Me miras y tratas de vincularme a tus ojos como tu herencia secreta. Pero yo también deseo gozar este momento. Estudio mis manos para descubrir nuevas caricias. Insisto. No me gusta que Aida ande merodeando allá afuera. Pienso en Aida en lugar de pensar en Wilson.

Si cuando digo que te detengas quiero decir que sigas, entonces, ¿qué es lo que quiero?

En el rincón de la pared, muy cerca de tu cabeza, veo una araña colgada de su pelo. No sabe dónde buscar refugio. Alguien va a aplastarla con su zapato. Esto lo sabe la araña pero desconoce aún quién va a ser el asesino. Tus jadeos la tienen inmovilizada, colgada de su hilo como si estuviera muerta. Mírala. No la mires. Soy la araña. Temo moverme ahora que estoy a punto de incendiarme entera. Quema mi piel como la goma ardiendo. El fuego prende mis caderas. Voy a romperme por la mitad. La lucha es más interna que externa. No sé si peor. Terrible. Pero esta verdad no la sabe nadie. Ni puede saberla.

Dos días después de la fumigación nocturna, Jorge Andrés Jaramillo seguía sentado en el mismo sitio en que lo dejamos. Vaciaba sobre el plato la misma sonrisa triste, dispuesto a comer su arroz sin demasiado apetito. Igual que siempre.

El arroz hervía en la cocina. Antes de poner el tema de la fumigación sobre la mesa, pedí a tía Irma que aunque fuera sólo por una vez, se sentase a comer con nosotros.

Por toda respuesta, tía Irma volvió a caminar en dirección a la cocina decidida a seguir siendo la mujer que era.

Jaramillo derramó la sal sobre la mesa. Se puso a comer tan rápido que no acerté a ver alimento alguno en su tenedor. Daba angustia mirarlos, sobre todo porque él era el único hombre bueno de Bahía Negra.

Cuando vi el plato dije que era merluza.

Wilson no quiso llevarme la contraria.

La fumigación no quise olvidarla. Si de momento preferí apartarla de aquella mesa fue porque también Wilson comía deprisa y sin gana alguna de palabra. Pero algo más tarde, en la cantina, un hombre de cabello rojo y piel tatuada en el cogote se refirió de pasada a la lluvia negra del otro día.

¿A cuál de ellas?, se respondió él mismo.

Nadie quiso prestarle atención. Yo sí, aunque mis

oídos contaban poco. De tan delgada y pálida, nadie quería verme.

Aquella noche, el hombre de la cantina tuvo que sacar a rastras a más de dos. Uno de ellos era el negro pelirrojo. Los campesinos bebían en silencio su intención secreta de poder emborracharse cuanto antes. También Wilson dejaba sus copas medio vacías y ya estaba ordenando otra. Bebían con una pared de humo en sus miradas y si hablaban lo hacían para ellos mismos como autómatas del sueño. Este velo que cubría sus ojos los separaba del hambre y del miedo. Los hombres numeraban sus copas de aguardiente mientras yo, sentada en la única silla de la cantina, me dedicaba a esperar el momento de irnos. Mi desesperanza iba y volvía una y otra vez. Colgaba de mi cuello un neumático de salvamento que nadie veía. Tampoco Wilson. Cuando la mirada de un negro aterrizaba sobre mí, la desviaba de inmediato hasta fundirla en el polvo del suelo de tierra batida.

La música repetía una y otra vez la misma canción de moda:

Colombia tierra mía,
te llevo en el corazón y en las entrañas.

Sólo yo seguía la letra. Cantar no es pensar. Los hombres soñaban con la música pero lo máximo que esta noche se atrevían a hacer con su cuerpo era mover ligeramente la cabeza.

En medio de la reunión, el chico de la cantina levantó su escoba y rasgó la camisa de otro.

Nadie pensó en policías porque éstos nunca se mezclaban con negros ni con indios si no era para apuntarlos con el fierro. Yo no los vi. Tampoco en la cantina.

Wilson decía: Ya nos vamos. Y acto seguido reclamaba otra bebida. Ya nos vamos parecía su canción preferida de la noche. Pero nunca nos íbamos.

Una vez fuera de la cantina me puse a caminar varios pasos delante de él. Había decidido dejar de hablarle durante un día o acaso dos. Creo que aquella noche fue la primera vez que dormimos enfadados. Estaba tan borracho que le resultaba extraño mi mal humor, mi presencia, mi retrato. Cuántas noches podrá dormirse sin beber, pensé.

Recuerdo que me acosté sin mirarlo. No todo estaba perdido porque aquella noche había sido capaz de encontrar el camino yo sola y esta novedad me parecía una hazaña digna de ser celebrada. No dormiré, pensé. Empecé a ver a Wilson como otra persona y cerré los ojos. En mi sueño creí que Wilson me llamaba. También sentí la llamada inverosímil de un teléfono. Tampoco había despertador. Levanté mi mano para apagarlo. Tomé de la mesilla un libro cualquiera y lo dejé dormir entre mis brazos. Cada noche amenazaba a los murciélagos con apartarme para siempre de ellos. Cada noche juraba que ésta sería la última. Pero no me iba.

Miro su estómago y no veo la cicatriz de guerra. No quiero verla. No soy una guerrillera como Liber ni tampoco una visionaria como la negra Aida. No puedo leer un libro sin encontrar mi vida escrita entre sus páginas. Estoy hecha de palabras que no puedo decir. Invento cartas imaginarias para demostrar que soy sincera. Cada día le pregunto a Wilson si cree que hay una salida para este desamparo. No sé por qué evitamos la palabra guerra. También la guerrilla es culpable, dice Wilson. La reina coca contamina a todos por igual. Quien tenga las manos limpias que sea el primero en levantar el brazo. Cada vez que veo pasar a Aida delante de la casa me entran ganas de disuadirla para que deje este lugar y se vaya lo más lejos posible. Podría jurar que ahora mismo, al otro lado de las tablas, junto a la pared del cuarto, alguien está hablando de mí. El mar habla continuamente de nosotros. El hilo de mi pensamiento es tan endeble que tampoco merece la pena ser escrito. La mayoría de la gente no sabe lo que piensa. Tampoco yo soy distinta. No hablo alemán ni soy capaz de tocar al piano una sonata.

Cuando me ve metida en raros pensamientos, concentrada en mi pensar torcido, muda, gruñona y malhumorada, Wilson dice:

Vete, si quieres.

O dice también: ¿Por qué has venido?

Tú también dices cosas raras, digo. Por qué hablar todo el tiempo de lo mismo. De si me voy o me quedo. Wilson no dejaría que me fuera.

Mientras tanto, hablo con el libro que tengo en las manos.

Pareces deprimida. Lee esto, dice.

Las novelas alimentan el ánimo y eternizan las desgracias. Yo le digo que cuando se está deprimido no se lee. Aquí las páginas se alargan como recuerdos encendidos. Hoy ya es ayer. Descubro que este encierro nos aproxima. Crece el amor en el secreto.

Para no perder el tiempo soy capaz de cualquier cosa. Wilson se vuelve vanidoso y habla como si quisiera convencer a los demás de que todavía sigue vivo.

El mar tiene piernas. Hay mañanas como las de hoy

70

en las que despertamos en el agua. La vida se va. Y nosotros también tenemos sueños raros.

Yo era tronco y él náufrago. Nos hundíamos juntos. El tronco naufraga con la lancha de piraña. Calamos hacia abajo. Morimos y en el último momento alguien viene a rescatarnos.

Quiero un hijo tuyo, dijo. Que sean diez.

Habla de hijos como quien juega su suerte con las cartas.

Los hombres veis hijos donde las mujeres vemos fantasmas.

Todo esto dije de una sola tirada. Cuando anoche Wilson me habló de hijos llovía con desesperación sobre el tejado de la casa.

Es el alcohol lo que te empuja a hablarme de ese modo. Quería que Wilson olvidase lo que había dicho. Hablar de hijos me ponía incómoda. Se dio la vuelta en la cama y estuvo a punto de caer al suelo. Aparté la sábana. Quité de encima todos sus requerimientos. Había libros cerca de mí, debajo de la cama, sobre la almohada. Toda nuestra vida transcurría en una habitación minúscula. Si llovía era peor. Con tanto encierro no descansas. Y llovía cada tarde. Como si el cielo viniera a reclamar sus hijos ilegítimos.

La mujer blanca hacía señales al cielo. Movía los brazos como alas de avión. Esta mujer andaba enloquecida bajo el aguacero. Su ropa colocada sobre la única silla de la casa, a los pies de la cama, era como su madre patria.

Cien hijos tuyos, repitió Wilson.

Yo dije que ya lo pensaría y que la negra Aida estaba aquí. No se había ido.

¿De qué hablas?, preguntó Wilson.

No es que la esté viendo con mis propios ojos, dije, pero siento su presencia. Hablé y hablé hasta que conseguí zafarme de sus brazos para levantarme e ir a ver por la ventana.

El mar se había vuelto tan gris que parecía estar lloviendo desde el suelo. Le dije a Wilson que estaba confundiendo garbanzos con lentejas.

Oía sus canciones de borracho. Estuviste bebiendo cerveza todo el santo día. No podía poner orden en el armario porque no había armario. No sé si era invierno o primavera. Y Wilson se repetía como un loro.

Dijo que tenía que regalar al mundo unas cuantas hijas antes de irse al otro barrio.

Estás borracho, dije. Y te odio cuando tratas de parecerte a otro escritor borracho. No eres Malcom Lowry ni nunca serás como él. Llegué a pensar que Wilson bebía más de la cuenta para rendir un homenaje a su maestro.

No se puede escribir y beber al mismo tiempo. Tampoco se puede amar y estar bebido.

Mi vestido colgado en el respaldo de la silla era toda mi pertenencia. Un país a cuestas que se escapa.

De acuerdo, dijo. Tú ganas.

También él estaba retenido aunque no quería darse cuenta de su encierro. No podíamos permanecer mucho tiempo en esta situación. Algún día necesitaríamos un médico. Y tampoco había médicos.

Wilson terminó por deshacer el nudo de su boca y confesó que también la guerrilla lo buscaba para matarlo. Los narcotraficantes lo buscaban para matarlo. Los militares también andaban tras él por lo mismo. Un hombre con tantos enemigos ya está muerto. Que lo entierren, dijo.

No permito que hables de este modo, dije. El miedo acabará por destruirnos.

Esto es la guerra de la guerra, dijo. Sólo hay un modo de comprender esta jodienda. No dijo cuál era porque habríamos tratado de considerar el método. Y si lo dijo, no recuerdo.

Cómo conseguir la paz era también la gran pregunta.

Para no tener vacías las manos decidí cortar las perneras de mis vaqueros con las tijeras que me había prestado tía Irma.

No me fío de Liber, dije. Estoy segura de que trama algo a nuestras espaldas.

Liber sólo era un amor de la memoria. Pero los años de un amor tienen su peso en la balanza. Wilson y yo acabábamos de conocernos. Podíamos caminar despacio o deprisa. Nada ni nadie podía poner más años a mi vida.

Con las tijeras de tía Irma en mi mano me sentía capaz de cualquier cosa. Tan poderosa casi como Liber.

Estás celosa, dijo.

Contó que los escritores disponen de armas secretas para seducir y matar a las mujeres.

Ahora eres tú el que dice tonterías. Los hombres se inventan cualquier excusa para seguir siendo hombres. Os excita que una mujer sufra por vuestro amor. Esto os mantiene vivos.

Nos lanzábamos dardos envenenados porque nuestra única salvación era poder sanar heridas con palabras.

Siguió diciendo que todos los escritores eran unos vanidosos y que no se salvaba ni uno. Ni él mismo, que soy un fracasado. Sin el fracaso la novela no existiría.

Mala suerte, dije.

Una pierna del pantalón me había quedado más corta que la otra.

Wilson dijo: Se empieza a ser escritor cuando se aprende a odiar el país de uno y a aborrecer a los padres. No sé quiénes están más muertos. Si ustedes, los europeos, o nosotros.

El fracaso del hombre contrariado es llevar las cosas al límite. No tengo por qué creerte.

Ven aquí, dijo. Y yo haré de escritor maduro.

Cuando bebía, siempre era una tortura escucharlo. Me apartaba. Estaba dispuesta a defender mi vida con los puños.

5

Llegó la noche y volvimos a casa de tía Irma. Mientras caminábamos por el sendero umbrío yo trataba de buscar rostros conocidos. Nunca vi a nadie en estas horas nocturnas. Algo en el monte avisaba que éramos observados desde lejos y que ojos desconocidos nos vigilaban a través de la espesura.

Las luciérnagas interrumpían el camino. Me puse a la defensiva. Donde había un indio yo veía un forajido.

El negro que conoce la ley del monte puede cortar un palo en el monte más oscuro, va a rastras y el palo le alumbra la oscuridad.

Wilson trataba de tranquilizarme convirtiendo aquel paseo en un juego, pero sus ojos pequeños se movían como espadas.

Este hombre, Adalberto, ¿es o no es un guerrillero?

Yo buscaba hombres blancos y no veíamos más que negros.

Los niños habían dejado de mirarnos. Necesitábamos aire de ciudad para poder atraerlos de nuevo y despertar su curiosidad morbosa. Mis manos estaban vacías. Mi cara, pálida.

Prima Alicia se puso del lado de los niños. Nunca la veíamos. Cuando llegábamos a casa de tía Irma, Alicia ya no estaba. Por un lado, era bueno. Su presencia me incomodaba un poco.

Jorge Andrés Jaramillo respondió que a Alicia el tabaco la tenía alejada de la comida.

Tía Irma le echaba la culpa a las vecinas. En algún lugar tenía que ubicar a Alicia. A la cantina no iban las mujeres. No había iglesia. No había cine. Estaba el mar, pero tampoco existía un puerto como Dios manda ni barcos de pesca. Ni siquiera había una plaza donde poder sentarse. El patio de la casa era de tierra. La calle era de tierra. La escuela era de tierra.

Durante aquella cena tía Irma contó un sueño. En su sueño había monjas nadando en el mar con sus hábitos blancos y negros flotando en el oleaje. También apareció un vecino al que sin venir a cuento calificó de majadero. Luego, esperó a que terminásemos de cenar para contarnos algo serio. Acababa de regresar de Cali donde había ido para arreglar un asunto de papeles sobre el velorio de la abuela.

Pero qué cosas está diciendo, la increpé.

Aparté mi silla de la mesa. No podía creer que la abuela hubiese muerto y que a nosotros nos hubieran mantenido al margen del asunto. Miré a Wilson, que fingió desconocer por completo la noticia.

La verdad es que no soy una de esas personas capaces de olvidar esta clase de incidentes. Permanecí un buen rato sin mirarlos. En seguida pasaron a otro tema. Sentados todavía en la mesa de comedor se pusieron a hablar sobre la máquina de coser que tía Irma había traído desde Cali.

Dijo que viajar con ella había sido todo un poema.

Esta frase la recuerdo bien porque todos pensamos que no era propia de tía Irma. La máquina había estado tantos años sin que nadie la hubiese tocado que ahora era pedir demasiado que se pusiera a funcionar como una seda. Esta máquina le había caído en herencia porque al fin y al cabo la abuela vivió sus últimos años en Bahía Negra.

Para no tener que pensar en la abuela muerta, tía Irma contó que desde que llegó de Cali la casa había sido un trasiego de mujeres entrando y saliendo para ver por turnos la máquina de coser de la abuela. Tantos fueron los ruegos de las vecinas que en varias ocasiones no le quedó más remedio que sentarse y darle al pedal para que vieran el sonido de la rueda mientras la aguja de coser clavaba los puntos en la ropa. El oficio de modista no se olvida así como así. Tía Irma había encargado telas en Cali para sacar partido a la vieja máquina. Todavía no había caído en la cuenta de que aquella máquina sería un estorbo. Costaba mover la rueda porque el eje estaba seco y no sabían dónde encontrar aceite.

Lo peor, dijo tía Irma, fue traerla del aeropuerto.

A mí me pareció un trasto enorme y anticuado. Aquí llamaban aeropuerto a un campo verde más apropiado para pastar vacas que para aterrizar aviones.

Sí, reconocieron los hombres.

El único vehículo a motor de toda la comarca, una especie de tractor con aires de camión, la cargó en su parte trasera. Ella misma tuvo que bajarse varias veces para ayudar a empujar el camión porque el conductor andaba dormido o borracho.

Jorge Andrés Jaramillo asentía con el sueño en la boca y como si conociera de sobra todas las historias. Cuando ya no supimos qué decir, Wilson preguntó a tía

Irma sobre Cali. Ésta parecía ser una pregunta de un interés superior al patronaje sobre las medidas de Alicia. Tía Irma fue en busca de su bolso. Era un bolso negro como el betún con asa de charol y varillas doradas. Colocó el bolso de ciudad sobre la mesa y sacó de él una hoja de periódico doblada en cuatro. Se la tendió a Wilson. Los dos pensamos en la abuela y en el bolso que ésta le había dejado en herencia.

Apartamos los platos sucios para poder leer la hoja del periódico. La luz de la bombilla enturbiaba las letras. Del patio vecino llegaba al comedor un fuerte olor a pienso de gallina.

Cuando Wilson terminó de leer, miró a su tío y dijo: Malas noticias de Cali y si me apuran peor de Medellín.

Para Jaramillo un periódico era la peor de las noticias. No era caleño ni paisa. Yo soy negro. Así que no le molestasen con viejas reyertas. Aquellos asuntos no eran suyos. Que el Ejército se apropiase del campo sí era una desgracia que le concernía. No sufre por él sino por su campo y sus vecinos. El que la guerrilla haga y deshaga a sus anchas sí es un problema que le afecta. Acá tenemos todos los problemas, para qué mirar hacia otro lado. Jaramillo hablaba con una piedra pesada encima de los hombros. Masticaba sus frases con la parsimonia del camello.

Wilson estaba impaciente por conseguir algo concreto que no se decidía a definir. Jaramillo respondió que donde no hay salida digna, lo menos malo es que se maten entre ellos y dejen al campesino en paz.

Tenía un grano de arroz pegado en la comisura de los labios. Como Wilson había puesto los brazos sobre la hoja de periódico tampoco ahora había forma de leerlo.

Tía Irma dijo que si era cierto lo que contaba el periódico no habría otra solución que marcharnos de la zona.

Fui a la cocina a llevar algunos platos. Cuando regresé al comedor aún seguían quietos como estatuas.

¿De qué guerra hablan?, pregunté. Porque esta guerra nunca se veía.

Wilson me tendió la hoja del periódico.

En una columna de la derecha había un titular que decía: Guerrilla fusila campesino en el Chocó.

Me senté frente a Wilson y lo miré fijamente a los ojos. Tenía un dolor amargo en la boca. Si no hablas eres hombre muerto.

Fusilaron al negro Poncho, dijo al fin.

El negro Poncho asesinado por unos guerrilleros. No podía creerlo.

Desde que salimos de casa de tía Irma, presentí que Wilson tenía algo que decirme. Empecé a caminar con las piernas cargadas de prisa y las orejas bajas. Como si los de la cantina hubiesen adivinado nuestra conversación interna esa noche nadie salió a buscarnos. Seguimos rápidos por el sendero de la playa. De vez en cuando, Wilson me tomaba la mano como si con ese tímido roce quisiera llenar el gran vacío de palabras.

El bosque olía a sudor nocturno. Las luciérnagas se apiñaban. Estrellas fugaces caían del cielo. Las plantas trepadoras confundían nuestros pasos con el látigo que venía detrás y se apartaban a un lado antes de que pudiéramos lastimarlas. Animales salvajes y secretos murmuraban notas de desprecio. Nuestras pisadas no eran tan inocentes como parecía. Allá donde poníamos los pies algo vivo moría para siempre. Los tallos tiernos se quejaban. Cantaban las hojas a nuestro paso. Oscurecían las luciérnagas. Se mecían lastimeros los helechos. El cuchillo partía en dos cualquier asomo indiscreto.

¿Por qué mientes?, dije.

Wilson se detuvo un instante. Tenía chispas en los ojos. Una boca encendida y muda.

Siguió adelante.

¿Por qué mataron al viejo Poncho?

No tienes suerte conmigo, fue todo lo que dijo al principio.

Dijo que en la selva ni los mismos árboles detienen nunca su movimiento. Me quejé de dolor de vientre. No tienes suerte conmigo, repitió. Pasado un rato insistió en que debía fijarme en los indios. Nunca los verás parados. Siempre en danza.

Esta vez no me importó que mi voz sonase más fuerte que el grito de las cacatúas dormidas.

Habla de una vez. Quiénes son sus asesinos.

De todos era sabido que el viejo Poncho se comportaba brutalmente con Aida, dijo.

Pero ésta no es una razón para matarlo. En este mundo la justicia cada uno se la toma por su mano.

Wilson aminoró la marcha y esperó a que me pusiera a su lado. Los árboles declinaban sus ramas y esa noche ponían una atención especial en los secretos.

¿Fue Aida quien lo mató?, pregunté.

Wilson me aseguró que el demonio del corazón de Aida no era tan malo como eso. Movió la cabeza con pena.

Pensé que más valdría que hubiera sido ella la asesina.

Ocurrió en la vieja escuela, dijo. Esta clase de ajusticiamientos, prosiguió, suelen hacerse al levantar el día. Todo el mundo lo sabe y nadie ha visto nada.

Es de locos, pensé. Ni los asesinos saben por qué matan. El monte olía a muerte a nuestro alrededor. Esta vez fui yo quien le tomó de la mano.

Cuando Wilson empezó a contarme despacio el desarrollo del suceso faltaba poco para llegar a la playa.

Aida no era la esposa del negro Poncho. Era su hija. Todos sabíamos que el padre violaba a la hija cada noche en su ranchito de El Almejal. Al negro Poncho lo estuvieron interrogando unos guerrilleros. No fueron a la casa. Esperaron a que fuera a la cantina como todas las noches para ir a por él. Lo pusieron a boca de fusil. Confiesa y canta. Pero el negro no podía decir nada. Tampoco merecía la pena cantar para dar la razón a los guerrilleros. Mandaron llamar a la negra Aida, la hija de Poncho. Allá la trajeron rápido. Lo más seguro que adiestrada por el padre para negar lo que era cierto y no era del todo mentira. Porque Aida nunca confesó ser la hija del negro Poncho, pero tampoco lo negó. Terminó diciendo, eso sí, que todas las noches cuando el viejo regresaba se ponía a platicar en la cama con ella. Tres veces cada noche, si no más.

Protesté de veras.

Y todo eso pasaba a pocos metros de la casa y nosotros sin saberlo. Nunca dijiste nada. Cuando el padre violaba a la hija tú dormías a mi lado haciéndote el sordo al gran relato. Sólo dices la verdad ahora, cuando ha muerto una persona. Pero sigue. No te calles.

Wilson dijo que al negro Poncho ya no lo dejaron salir de la cantina de Melquíades. La guerrillera lo tenía encañonado tal si fuera un asesino. Mientras tanto, la gente del pueblo se había reunido junto a la destartalada escuela. Sabían que un hombre iba a ser ajusticiado y que el lugar donde sucedían tales mataderas era la vieja escuela del pueblo. Los vecinos, hombres y mujeres, lo esperaban. Cada uno con alguna cosa que ofrecer al sentenciado. Que si tabaco, más aguardiente, un plato de arepas.

Para no tener que pensar en lo que iban a ver se miraban unos a otros y contaban quiénes llevaban zapatos y quiénes seguían descalzos. Cuando trajeron al negro Poncho despuntaba el cielo y los guerrilleros iban ya con la cara descubierta.

Todavía no he conseguido ver a ninguno, dije.

Wilson dijo que era normal que no los hubiese visto porque vivían en campamentos móviles. Cada noche en un lugar distinto. Jamás se mezclaban con la gente del pueblo. No iban a la cantina. Aseguró que era muy fácil distinguirlos porque eran los únicos blancos de Bahía Negra.

Ya, dije. Pero tú tampoco estás con ellos.

Ni afirmó ni negó. No dijo nada que me hiciese suponer que estaba a favor de la guerrilla pero, por supuesto, tampoco estaba con los otros. Los paramilitares y el Ejército.

Dijo que el interrogatorio prosiguió frente a la puerta de la vieja escuela. Se demoró algo más de lo previsto porque Alicia intervino para decir en público y, si convenía, jurar sobre la Biblia, que ella conocía a la negra Aida desde chica y que podía firmar sobre cualquier papel que Poncho, el de El Almejal, era su padre. Añadió además que los dos cerdos que Aida tenía en la cabaña no eran robados. Se los había regalado ella misma, por lástima. Piedad. Pura pena.

De lo que se trataba entonces, dijo Wilson, era de

ganar tiempo por si los guerrilleros se echaban para atrás en su propósito de ejecutar a un hombre sin juicio previo.

¿Cuántos dijiste que eran los marranos?, preguntó Efraín, el guerrillero robusto.

¿A qué venía esta pregunta tan absurda?

Nada más que tres, dijo alguien

Dos, juró otro.

Y a quién le importa eso ahora, pensó Wilson.

Eran dos cerdos y tres gallinas. Nadie podía saberlo mejor que yo porque cada noche venían a dormir bajo las tablas de nuestro dormitorio, dije.

¿Cuántos eran los guerrilleros?, pregunté.

Durante el relato de la muerte del negro Poncho, Wilson fue relajando sus mejillas. Ya no parecía un muñeco de madera ni tenía la lengua de trapo.

Contó que fueron cuatro hombres y una mujer. La peor de todos fue la guerrillera. Con el arma en alto gritó:

Esta jodienda incestuosa el pueblo la castiga con la pena de muerte.

Calla, dije. Ya no cuentes más. Sí. Cuéntame.

Como estábamos en la playa, retrocedimos unos pasos y dimos la espalda al mar para poder oír mejor lo que decíamos.

Wilson dijo que llegados a un punto sin posibilidad de retorno y con el sol anunciando su salida ya no se habló más del asunto. Que no se hable más, chilló la guerrillera. Los campesinos seguían mudos. Qué otra cosa podían hacer.

Protestar. Rebelarse. Hacer algo.

Tenían miedo, dijo Wilson. En cada una de las miradas de los hombres brotaba el temor de ser él el siguiente ajusticiado. Como tienen miedo a morir, ríen, lloran, toman aguardiente y no saben por qué razón todavía viven.

La gente del pueblo dejó que Jorge Andrés Jaramillo hablase por boca de todos. Que lo lleven preso. A Cali o Medellín. A cualquier lugar donde la ley pueda cumplirse como es debido. Ésta es mi opinión definitiva y ya no me pregunten más, dijo Jaramillo.

Al oírlo hablar con esta convicción, la guerrillera colocó su fusil en brazos de Jaramillo y le instó a que fuera él el verdugo.

Como siga hablando de ese modo le mando ordenar que lo mate usted mismo.

Jaramillo se hizo el sordo. Alicia se apartó del grupo de mirones para ir a colocarse entre su padre y la guerrillera. La guerrillera la miró con asco. En lugar de ponerse a temblar, Alicia dijo:

Que lo ejecuten ahora mismo.

Tu prima fue capaz de decir una cosa así.

También tenía miedo a morir y hablaba sin saber lo que decía.

El sentenciado estaba cada vez más borracho porque el hombre de la cantina pensó que si le seguía dando aguardiente sentiría más liviana la caricia de la muerte. A Efraín, el guerrillero alto y robusto, las municiones le envolvían el cuerpo de un costado a otro. Las llevaba colgadas como neumáticos cruzados entre pecho y espalda. Imaginé que era un astronauta de la guerra.

Nadie podía moverse. Los niños tampoco.

Me indigné de que la guerrilla permitiera dejarlos allí en medio.

La guerrillera dijo que precisamente la ejecución pública tenía lugar para que los niños aprendan.

Tía Irma rezaba padrenuestros.

¿Y Aida qué?, pregunté.

Tu amiga Aida se atrevió a decir algo en el último momento. Dijo que si de todos modos iban a matarlo, en lugar de pedir clemencia ella exigía que un sacerdote fuera testigo de la ejecución.

Caramba con ella, dije.

De tanto rascarme el brazo la sangre brotó de la herida y no había forma de pararla. Traté de hacer un nudo con mi boca. Chupé y funcionó el invento.

El guerrillero llamado Adalberto respondió que aquí no había curas. Para encontrar a uno habría que caminar río arriba y con suerte tal vez en un día o dos podamos dar con el padre Cisneros.

Como Aida suplicó de nuevo, Jaramillo intervino para decir que a falta de un sacerdote reglamentario él mismo podía hacer parte del oficio. No llevaba cruz encima ni algo que pudiera parecerse pero se acercó al lugar donde, hecho un ovillo en tierra, seguía el sentenciado. Se le pegó a su cara. En su oreja le dejó el recado.

El negro Poncho, demasiado ebrio para comprender palabra alguna, desoyó las palabras de la iglesia. Alguien trató de taparle el rostro con un saco. El negro volvió a decir que no. Jaramillo observó entonces que las piernas las tenía libres. En otra época, borracho como estaba, el negro Poncho habría echado a correr hacia el monte. Pero no eran éstos tiempos para la fuga. En esta guerra si no te matan unos te matan otros.

La guerrillera fue la primera en dispararle. Se colocó a espaldas del sentenciado y le ensartó dos tiros fríos en la nuca. El tercero, el de gracia, se lo dio Adalberto.

Muerto el negro, los hombres empezaron a pensar en la cantina. Con el sol recién levantado necesitaban beber como única forma de poder resistirse al miedo y condenar las penas. Las mujeres querían ir a misa para poder confiar sus vidas a alguien que las hablase desde el Cielo. Pero el cura había muerto. Los niños, por el contrario, soñaban en ser guerrilleros, narcos, curas o militares.

¿Qué pasó con Aida?

Antes de que sonara el tercer disparo se encaró con la guerrillera, dijo Wilson.

Tú matas a mi padre y yo me lo llevo conmigo a la casa.

No gritó ni lloró siquiera. Tampoco quiso perdonar a los asesinos. Aida daba por sentado que el cadáver era de su propiedad.

Le dije a Wilson que si yo hubiera estado allí durante la ejecución pública habría instado a Aida a que defendiera a su padre, aunque hubiese sido un violador. Que se pudriera en la cárcel.

Ya es hora de acostarnos, fue la respuesta de Wilson. Ciega y sorda en mi cabaña de novela no podía ponerme a dormir así como así.

Desde la cama le increpé:

Así que viste todo y nunca me contaste nada. Te dedicas a escribir libros que no existen y a ocultarme lo que ocurre aquí. Ésta es también la historia de tu vida.

Hablábamos cada uno hacia la pared del silencio. En lugar de dormir conspirábamos contra el sueño. Wilson se levantó y volvió a acostarse. No estaba arrepentido de haber callado conmigo. Entonces, por qué lloraba. Me dio esa impresión porque acababa de sonarse la nariz.

Me dijo que a partir de ahora hablásemos de otra cosa. Yo tampoco sabía de qué hablarle. La muerte nos tapaba las ideas.

Empujaron el cadáver hacia la sombra y lo envolvieron con una cobija. Jorge Andrés Jaramillo señaló con el dedo a varios hombres y mandó cargar con él y llevarlo hasta la playa de El Almejal. Yo temí que fueras a despertarte. Les dije a los hombres: Dense prisa y no sean perezosos. Tú dormías y no pudiste ver nada. Dicen que los sueños de la amanecida son tupidos como velos de monjas. Los hombres entraron por el camino hondo que conduce a la cascada. Tú no los viste.

Pero sí pude ver a la negra Aida mientras echaba al mar el cuerpo sin vida de su padre, dije.

Aproveché para escupir toda mi ira contra Wilson.

Eso sí lo vi. Me estaba dedicado. Entonces tuviste la oportunidad de contármelo. Desconfías de mí aunque sabes que soy una tumba y nunca digo nada. Y aunque así no fuera, con quién voy a hablar aquí, ¿con las tortugas?, ¿los pájaros?, ¿los insectos? No soy Aida. Deja ya de compadecerme.

Paciente y dócil como cordero, Wilson recibió todos mis reproches.

Aquella tarde te habías encerrado a fingir que escribías. Aida sabía perfectamente que yo la estaba observando y me dedicó la escena funeraria. Recuerdas. Te conté la escena paso a paso. Pero una siempre piensa que los demás no son diferentes.

Me incliné como si tuviera que defender la verdad en la tarima de un juicio.

Wilson tiró su cigarrillo por la ventana:

¿Por qué crees entonces que vivimos como furtivos? No tendría que haberte molestado. Esto es cosa mía.

¿Cabe alguna esperanza?, pregunté.

En su opinión no había esperanza alguna para esta tierra. No la veía al menos en muchos años. Tantos que él ya no podría contarlos.

La superficie de Colombia es diez veces mayor que la de España, terminó por decir.

Pero tú y yo sabemos que ésta no es razón para una guerra.

Tuve un sueño. Soñé que el padre Cisneros estaba vivo. Me encontré con él junto a la desembocadura del río, en lo alto de la Ciénaga Grande. Un lugar que preferíamos evitar por ser zona frecuentada por los botes de para-militares que bordeaban la costa.

La barba oscura envejecía al cura. Como si él fuera el vivo y yo la muerta, el padre Cisneros se acercó y son-rió ante la sorpresa de verme.

Hola, Montserrat, dijo el cura.

Oír mi nombre entero me sonaba extraño. El cura bajó la cabeza y se puso frente a su mochila. Fui a sen-tarme a su lado.

El cabello castaño le caía sobre los hombros. Su cara me resultó familiar. Nos pusimos a charlar del país y de sus conflictos naturales. Que si los mosquitos, el calor y lo poco acostumbrados que estaban algunos al trabajo.

Sacó tomates y un racimo de plátanos.

Me comí un tomate como si fuera una ciruela. De un solo bocado.

Puso en mi boca una aceituna. No me preguntes de dónde la he sacado, dijo el padre Cisneros.

Al rato de sentarnos le pregunté si sabía ya lo que estaba ocurriendo aquí.

Dijo el padre Cisneros que los que saben son ellos. Yo acabo de llegar. Toda mi información no va más allá de la que cuentan los periódicos. Trato de ayudar en lo que sé.

El padre Cisneros rió tan fuerte que los pájaros escondidos tras el follaje estallaron al lado nuestro. No los vimos pero se dejaron sentir entre las hojas.

Pensé que si reía de ese modo era porque ya estaba al otro lado de la muerte.

Hablaba en un castellano puro y viejo. León, pensé. Tal vez, Palencia. Ciudades que sólo conocía por el nombre.

Cuando paró de reír, vimos que no estábamos solos.

Tampoco se necesita ser un santo para estar aquí, dijo. Yo sé que lo más probable es que no salga vivo de esto, pero alguien tiene que venir a echar una mano.

Desperté con el sol quemando parte de la sábana. Olía fuertemente a queroseno. Wilson se había levantado ya y estaba calentando agua de panela para el desayuno.

Odio el agua de panela y la manzana al horno. En mi falta de apetito ambos alimentos son gemelos.

Me levanté de la cama con ánimo de ser otra. La revelación de anoche había convertido la historia en mi vida cotidiana. Me lavé y peiné con la entereza del primer día de llegada a Bahía Negra. Wilson entró varias veces en la habitación como si quisiera buscar alguna cosa y luego se iba con las manos vacías.

El agua de panela hervía en el cazo. Tampoco estaba mal dejarse engañar un poco con la comida.

Deja que te lea algo, pedí de buena mañana.

Había imaginado una novela en la que la naturaleza virgen amenaza y determina las elecciones de un hombre. Pero mi escritura era otra cosa.

Esta mañana me desperté animada. No sentía náuseas.

A Wilson le acechaban temores indiscretos. Arañas gigantes. Temblores secretos. Cangrejos y pirañas. No había más que verle entrar y salir de la casa con su corazón en forma de serpiente.

¿Por qué no escribes?, dije.

También se me ocurrió pensar en una caña de pesca. Algo con que distraernos, además de libros.

Baja ya de ese árbol, Rat. La literatura no puede salvarnos la vida. Con suerte, servirá para ayudarnos a resistir la derrota.

Así que tampoco confías en tus escritos.

No, dijo. Tampoco en ellos.

Aida vino de visita. Por la ventana vi su cesto volar por el aire. En la misma línea del horizonte. Caminaba descalza.

Iré a por ella, pensé.

Cuando me levanté para salir a buscarla, Wilson me estaba llamando desde la orilla del agua.

Ven rápido, gritó. No te pierdas esto.

Me acerqué corriendo.

Imaginé delfines pero Wilson señalaba más hacia la izquierda. En el corazón del mar, no muy lejos de nosotros, dos ballenas oscuras movían una y otra vez sus largas colas blancas.

6

Pensé que si quería congraciarme con Aida tenía que ser ahora y no dejarlo para más tarde, cuando el paso de los días terminase por poner lentes oscuros al recuerdo.

Esta mañana habíamos coincidido en la playa para ver el apareamiento de las ballenas.

A Aida le dije que viniera a sentarse conmigo en esta roca.

Alcé los pies para evitar las mordeduras de cangrejos. Son invisibles. Incoloros como alas de mosca. Fíjate en ellos.

Cualquiera diría que era la primera vez en su vida que veía cangrejos.

¿Qué llevas aquí dentro?, pregunté.

Aida dejó el cesto sobre la arena. Como era habitual en ella se tomó un tiempo largo y cansado en responderme.

Encontraron dos tiburones blancos en la bahía. Hembra y macho, dijo.

Seguía llevando el mismo vestido de colores chillones que yo le había regalado. Nadie en esta zona, salvo la negra Aida, solía vestir con ropa de colores estridentes. Nadie quería distinguirse. La ropa que llevaban tanto hombres como mujeres era del mismo color marrón, verde o gris de esta tierra costera.

Aida se acarició el cabello. Lo tenía suelto y muy rizado. Brotaba de su cabeza como matojo seco y polvoriento. Los colgantes que llevaba alrededor del cuello sonaban a cascabel y lata. Su piel era más oscura y brillante que la del viejo Poncho. Me fijé que uno de los dos tirantes del vestido estaba roto y le colgaba hacia un lado. La cintura le quedaba alta y apretada.

Me pareció que sus pechos también escondían algo. Su boca era demasiado grande para guardar tanto silencio. Costaba arrancarle las palabras. Como tantas otras mujeres sumisas y solitarias, la cabeza de Aida tejía en silencio todas las historias que su boca jamás sería capaz de resumir en unas breves líneas. Apenas hablaba. Sonreía casi todo el tiempo y trataba de comunicarse conmigo con los ojos. Decidí capturar su pensamiento. Hacerme portadora de sus voces interiores. Ya me había dado cuenta de que Aida, tal vez la persona más callada de Bahía Negra, podía ser también la más conversadora.

Cansada ya de esperarla, tiré de un extremo de su falda. Se sentó donde le dije y metió su mano en el cesto. Lo primero que sacó de él me pareció que era la dentadura de un pez grande, de un lagarto o cocodrilo.

He visto hacer amuletos con ellos, dije con mi cara más estúpida.

Aquellos dientes parecían dedos de niño muerto. Aida comenzó a parlotear a su aire y a destiempo. Traté de acercar sus palabras a mi oído y hablar por su silencio. No tardé demasiado en hacerme experta en descifrar sus murmullos.

En primer lugar, hay que guardar los colmillos en un lugar oscuro, enterrados en la arena, alejados del sol. El sol alimenta el fuego, no la piedra. La luna ilumina los deseos. Desenterrarlos en noche de luna llena para que los colmillos cobren su propia luz.

Dices palabras impostadas, dije. No me hables como un libro. Qué crees que soy.

Allá tú si no me crees. Yo veo las cosas con antelación, dijo, y entonces no tengo que sufrirlas.

No me escuchas, dije. Hablas a destiempo.

Ahora tengo más de veinte. Tampoco te sabría decir exactamente cuántos tengo. Estos colmillos han vivido conmigo todo el tiempo.

Separó las piernas y se alisó la falda. La estiró tanto que pensé que iba a romperla. Soltó sobre el regazo las piezas de colmillo y empezó a contarlas.

Veintitrés, dijo.

Me interrumpió cuando estaba a punto de decirle que yo había contado más.

En estos dientes están tus años. Si permites que los ponga en tu mano podré adivinar algunas de tus dudas.

No me hables como una bruja, protesté.

Nos entró la risa boba. Aquella risa que insiste en reír cuando todavía no se ríe.

Cuando volvimos a ponernos serias, Aida dijo:

A veces veo lo que va a venir y me llaman para echar un remedio. No estoy hablando de los fantasmas de tu rostro porque ésos andan a la vista de todo el mundo. Me refiero a lo que no puede verse porque algo superior insiste en mantener oculto.

Aunque sólo fuese para distraerme un rato estaba dispuesta a creerme todo lo que decía.

No hay negro pues que para la salud de su cuerpo o

de su alma no recurra al monte. Donde vea un poco de hierba, allá encontrará el remedio.

Tú sí eres un libro abierto, dije.

Ocultó una de sus cadenas colgantes en el fondo de su mano.

Tú también odias a tu padre, dijo. Lleva bigote y no te escribe.

Como no respondí cerró su rostro como un sobre. Acto seguido señaló con el brazo hacia atrás. Miró hacia el interior de la bahía.

Alguien se acerca, dijo.

No veo nada. El sol era mi enemigo ahora.

Lo único que vi fue a uno de los cerdos de Aida que venía trotando hacia nosotras.

Aida se levantó y empezó a caminar en dirección al animal que tenía enfrente. Se persignó tres veces.

Espíritu de Satán, le dijo al pobre cerdo.

El cerdo seguía con el hocico sucio de deshechos del subsuelo.

Pero Aida en el centro de la playa mantuvo por un rato su pose amenazante. Su voz salió cantarina: Tienes pelambre de perro viejo y sarnoso y aún te atreves a encararte con nosotras. Vete, hijo del diablo. Desaparece del miedo.

El cerdo, más hambriento que sorprendido o temeroso, se volvió sobre sus propios pasos.

Descubrí que en este lugar era más fácil ser filósofa o diablesa que una mujer cualquiera. Todo lo que emanaba del diablo tenía sentido.

Aida vino de nuevo a mi lado. Rezar es una investigación constante, dijo. No me tomes por loca. Era el diablo que venía hacia ti. Este marrano está poseído, pero a partir de ahora tendrá que pensarlo dos veces antes de asustarnos. Si sanar una dolencia es importante mucho más lo es librarse de una mala sombra.

Mi recuerdo fundamental era el presente. No le dije que los cerdos estaban día y noche olisqueando las tablas del suelo de mi dormitorio porque eso también era un trozo de pasado.

Abrió mi mano y puso en ella una hoja de coca. Empezó a mascar la suya. No sé por qué le pronostiqué que necesitaba echarse un novio cuanto antes. Un hombre que fuera también un amigo.

No quiero hijos, dijo Aida. Se lo pensó de nuevo: Tal vez un hombre que fuese un estudiante.

Asentí.

Al cabo de un rato, volvió a su cesta para sacar de ella unas estampas religiosas viejas y renegridas. Las imágenes estaban desteñidas y completamente cuarteadas. Aida las separó en abanico y, como si fuesen naipes, las empezó a frotar unas contra otras y a pasar sobre ellas los amuletos que le colgaban del cuello.

Se reza la oración y se vuelve la estampa del revés, dijo.

Retiré mis manos pero Aida insistió en regalarme su estampa preferida. Una imagen de Jesús de largos y lacios cabellos y con el corazón sangriento que le brotaba literalmente de su pecho como si fuera un acordeón atravesado por lanzas.

Cedí. La hoja de coca me quemaba el labio. Solté una palabrota castellana. Aida miró mi vida pasar a toda velocidad por delante de sus ojos. Silbó de la alegría que le dio el que yo también supiera inventar palabras.

95

Al padre Cisneros lo mataron, dijo. Lo ahogaron en el río.

¿Lo sabes o lo estás adivinando?

Para demostrarme que por esta vez decía la verdad se puso de rodillas.

Muévete. La zarandeé. No hagas tonterías.

La empujé hacia arriba.

Escucha. No te miento. El espíritu del padre blanco vino acá, a mi casa, para darme aviso.

¡Y qué más!, dije.

Hizo como que no me estaba oyendo y siguió con su sermón milagrero y confuso.

Los espíritus del diablo vienen para vengarse de cuando fueron vencidos y quedaron desnudos de alma sin cuerpo que vestir ni abrigo que ponerse, y desde entonces viven flotando en el mundo en busca de oportunidades para poder introducirse en las personas. Así, cuando ven a alguien debilitado, se abalanzan sobre él. Mi padre era un hombre débil y estaba poseído. Pero no quería saberlo. Tú eres una mujer fuerte.

Dije que no era lo que era. Soy tímida y cobarde. Y detesto a aquellos hombres fuertes y fecundos dispuestos siempre a manifestarse por encima de todo. ¿No sería el padre Cisneros uno de esos aprovechados?

Aida bendijo el aire como si yo acabase de decir una blasfemia.

Tampoco tenía sentido llevarle la contraria. Había una extraña solidaridad entre nosotras. El miedo nos unía, pero también nos separaba el camino del recuerdo.

Dicen que el padre Cisneros era un hombre bueno y se ocupaba de los desplazados.

Aida dijo que ninguna espada podía derribarlo. Era flaco pero muy empecinado. Fíjate si era santo que consiguió sacarme el diablo que tenía en el cuerpo.

Lo vio curar a una mujer poseída con sólo ponerle las manos en la cabeza. Con eso bastó. A su padre llegó a decirle que fuese a ver al cura español. No se demore más. La primera vez el negro Poncho se hizo el sordo. Cuando insistí una segunda vez me cruzó la espalda con la vara de los cerdos.

Cuando le confesé al padre que el viejo Poncho se acostaba conmigo le dije también que nunca me quitaba la camisa. Decía que yo era una mujer y una niña. Todo al mismo tiempo.

En su cuento, las frases estaban tan cerca que no acerté a distinguir los puntos de las comas. Tampoco quería atosigarla a preguntas.

Uno de los dos cerdos volvió a visitarnos. Aida lo miró de reojo. Algo le dijo que no conseguí entender.

Hablas a los animales con la misma familiaridad con la que hablas con las personas.

Dijo con voz tranquila que el monte tenía oídos y recuerdos. Cuando la luna está roja, malo. Es que tiene sangre. Agarra la cabeza de la gente. Si el hombre durmiendo recoge esta candela fría, podría cometer un crimen.

Sus ojos negros de tan arrebatados parecían blancos.

Al padre Cisneros, dijo, nunca van a encontrarlo. Hundieron su cuerpo en el agua del río. Los que lo mataron no querían problemas y pusieron mucho cuidado para que no apareciera el cadáver.

Si hablas así es porque pudiste verlo, dije.

A quién, dijo. Hablan los espíritus. Todos los santos son yerberos.

Entonces comprendí que la melancolía es contagiosa. En ocasiones, esta disparidad del alma puede llegar a confundirse con un destello de felicidad porque da a entender lo contrario de lo que uno siente o piensa.

No, dijo.

Me tragué un pedazo de hoja de coca. La escupí.

Aida apartó su mirada del mar. Me escuchaba sin abrir la boca. Dentro estaba su silencio. Su dolor era mayor que el mío, pero ella sabía cómo contarlo.

Wilson se ha ido, dijo.

Está aquí, dije. Sólo que encerrado en la habitación más oscura de la casa. ¿No oyes el ruido de las teclas?

No, dijo.

Me confesó que ahora estaba ahorrando para comprar un auto.

Se pellizcaba la mejilla. Yo tampoco podía imaginarme un coche en este rincón del mundo. A no ser que sea un coche de juguete, dije.

Quise poner un orden en la conversación. Para empezar, tú hablas y luego yo contesto. Pero Aida no atendía a estas razones discursivas. Su voz era como un eco caprichoso de montaña.

No quería dejar de hacer o decir cosas porque temía que entonces yo dijese que era el momento de irme. Llevábamos una buena parte del día juntas.

A Aida en cualquier otro lugar la hubieran confundido con una mendiga. Llevaba su casa a cuestas como un guante de seis dedos.

Metió y sacó la mano de su cesto varias veces seguidas.

Me dispuse a nombrar cada uno de los objetos que iba esparciendo sobre la arena. Esto es un caracol de mar, dije. Esto es un huevo de tortuga. Una piedra.

Un encendedor que no funciona. Una caja de cerillas.

Le gustaba mi juego y yo estaba dispuesta a seguirlo hasta el final.

Señalé un matojo de hierba medio marchito y podrido.

Esto, esto es una porquería, dije.

En seguida pasamos a otro objeto. Esta vez, estaba oculto en un pañuelo verde. Al levantarlo apareció una calavera humana. La aparté de mis manos.

No quiero verla.

Aida confesó que era un cráneo de mujer.

La obligué a meterla de nuevo en el capazo.

Es la cabeza de doña María Lucila Vázquez, dijo.

Yo misma devolví la calavera a su cesto. Se abrazó al cesto con fuerza, como si estuviese dispuesta a acunarlo en su regazo.

La muerte no es tan oscura como parece, dijo.

Cuando le pregunté cómo había conseguido la calavera respondió que se la había robado a un policía. Al otro lado del monte. Por la parte de Quibdó. Si la llevo siempre conmigo es porque me da fuerza y entereza.

Imaginé que estas palabras se las había tomado prestadas al padre Cisneros.

Aida creía que estábamos unidas en el corazón de la manigua, allí donde ya no había más secretos.

Volvió a colocar la calavera de doña María Lucila sobre la falda de su vestido.

Te he dicho que no quiero verla.

Puso los ojos en blanco. Le daba igual mi negativa.

El caso es que me siento emparentada con ella. Eres demasiado incrédula para querer opinar de todo. Deja que te cuente.

De acuerdo, dije. Desconfiaba tanto de su historia que empecé a morder mis uñas.

Aida dijo que la calavera que respondía al nombre de doña María Lucila Vázquez había pertenecido a una mujer nacida en El Valle unos treinta años atrás. Su padre trabajaba como jornalero a las órdenes de don Jorge Andrés Jaramillo. Cuando había trabajo el padre de doña María Lucila cumplía con las tareas encomendadas, pero cuando no lo había se sentaba a beber en la puerta de su casa. Mientras tuvo casa, porque de tanto estar borracho dejó de tenerla. La madre de María Lucila abandonó a sus hijos y a su esposo para irse de perdición con el gordo Pérez. Al dejarlo su esposa, el padre de doña María Lucila Vázquez siguió más borracho que antes, pero ahora decía que con razón porque las penas solamente las curaba el aguardiente. Sus dos hijos varones, Ramiro y Armando, se fueron hacia el monte. Cada uno por su lado. Cada uno enemigo del otro. Uno con la guerrilla. El otro, dijeron que andaba con los paramilitares. A doña Lucila la crió en parte doña Irma, pero en lo que tocaba a su entendimiento y sabiduría lo aprendió ella sola con todo lo que pudo sacarle a la ley del monte. El monte la alimentaba y protegía. Siendo niña compartió casa y comida con los cholos. Algunas veces regresaba del altiplano con los pies hacia dentro y pintado de azul el rostro como veía hacer a los indígenas cuando visitaban Bahía Negra. Sabía sacar agua de los árboles y quitarle el veneno a las culebras. De los cholos aprendió también cómo sanar la fiebre de la dormidera mortal y cocer sancocho con helechos y aves nocturnas.

Aida se dirigió a la calavera como si fuese una persona viva. Las cavernas de los ojos nos miraban de frente. Tuve la impresión de que a espaldas nuestras la muerte sonreía. Con toda seguridad nos estaba escuchando hablar de ella como de un sagrado sortilegio.

La india Lucila tenía la piel oscura pero tampoco tanto y sus ojos eran claros y celestes como el viento. De tonalidad distinta cada uno. El color del derecho se aproximaba al gris extraño del mar. El izquierdo quería competir con la trepadora del monte. No era muy alta de estatura, pero su energía la tenía bien colocada entre caderas y frente. Sus pasos seguían lo que ordenaba su cabeza, que andaba siempre volando como si estuviera en varios lugares al mismo tiempo. Era bella. Claro que sí. Volaba la India. Yo lo puedo jurar. Sus piernas parecían milagrosas. Saltaban árboles, pedriscos y montañas. Corrían más deprisa que las de muchos hombres.

También dijo que los hombres la envidiaban. Doña Lucila decía que en principio somos envidiados siempre que hacemos algo que a otro, conocido o amigo, le habría gustado realizar. Un desconocido no suele envidiarnos. Y a doña María Lucila la conocía todo el mundo.

La envidiaban además porque tenía proyectado su futuro.

Cuando cumplió veinte años le dijo a doña Irma:

Mire, doña, como regalo de cumpleaños usted me deja ir a Bogotá y yo no me demoro mucho en regresar acá con un millón de dólares en los bolsillos.

Doña Irma dijo que iba a tomarse su tiempo en pensarlo.

Tan segura estaba la india Lucila de su suerte viajera que estuvo repitiendo las mismas palabras durante una semana entera. Lo dijo en la cantina. Volvió a cantarlo en la capilla de la misión de los hermanos Javieres. Nadie quería creerla. A las mujeres les parecía una chiflada porque la Lucila sólo tenía un único pensamiento en su cabeza y en sus labios. Se santiguaba con el nombre del padre de Bogotá, del hijo Montserrate y del espíritu santo de la República de Colombia. Todas sus oraciones se resumían en ésta porque para doña Lucila las plegarias eran deseos insatisfechos que a fuerza de repetirlos pueden llegar a realizarse. Y tenía razón porque a fuerza de ir con rezos a doña Irma ésta terminó dándole el permiso. Para que ya no joda, le dijo.

Aida había tomado carrerilla y nada podía detenerla. Sus frases se extendían como redes de pesca. La mitad de nuestras palabras son pequeños pretextos que nos mienten, pensé.

Ahora tenía licencia para el viaje, pero le faltaba la plata para comprar el boleto que la pudiera llevar al aeropuerto del Evingado. Doña Lucila tenía la paciencia y voluntad de los indios del monte. Bastaba con que el día llegase al cabo de la noche para creer que eso era un indicio de otro paso hacia adelante. Así es también cómo los indígenas consiguen sus pedazos de tierra, sacando piedras a la noche. Y las que cargó, Dios mío. Clavó alambradas en los campos, sembró café, plantó coca, cortó maíz y yuca. Hasta dicen que en la boca del río construyó un dique con sus manos. Durante un año o dos la india Lucila hizo para don Jorge Andrés Jaramillo el mismo trabajo de tres negros juntos. De todo se brindó a practicar con tal de salirse con la suya, de todo menos de puta, dicen que decía, para no tener que quemar su voluntad antes de que llegase su hora. Y que para todo había tiempo. Los hombres no formaban parte aún de su calendario.

Ella decía: No hay prisa. Todo llegará. Mi madre me tiró al basurero.

Tuve la impresión de que mientras me hablaba de la india Lucila, Aida trataba de parecerse a ella. Los muertos, dijo, resucitan gracias a las palabras que inventamos sobre ellos.

Doña María Lucila echó sus cálculos y llegó a la conclusión de que ni trabajando día y noche con la fuerza de cuatro negros juntos jamás podría reunir los pesos suficientes para el pasaje de avión a Bogotá. Lo que uno hace sin pasión termina aburriendo. Pasó algún tiempo y la India empezó a desesperarse y a pensar que la resignación era un mal peor que la pereza. No era difícil adivinar su congoja. Cuanto más desesperada estaba más hermosa se veía.

Dicen que sólo nace algo cuando muere una persona buena. Murió la negra Flavia. Fue entonces cuando llegó de Cali el sobrino de doña Irma. Después de muchos años sin andar por estas tierras, apareció Wilson convertido en escritor. Precisamente el día en que la vieja Evegendina se puso a predecir el futuro de la india Lucila en sus cartas.

¿La vieja Evegendina predice el futuro?, la interrumpí.

Ese día los cuatro perros de Bahía Negra no pararon de ladrar durante toda la noche y mitad del día siguiente. Para ellos Wilson era un desconocido. No así la india Lucila, a la que se acercaban en busca de caricias todo el tiempo mientras los hombres se alejaban de ella porque finalmente la India tenía sueños de extranjera. Como sus pies no terminaban de pertenecer a mundo alguno, la llamaban la India.

Tu heroína se parece a una reina de la selva, dije.

Pues, cómo no, dijo. La reina de América fue siempre la más hermosa de esta tierra. Cuando yo la conocí seguía siendo la mujer más bonita y codiciada. Los hombres la temían porque les daba miedo una mujer que dicen que amaba como un hombre.

Y tú cómo lo sabes, pregunté.

Aida levantó la barbilla y apoyó una mano en la piedra donde yo estaba sentada.

No había un pedazo de esta tierra que ella no hubiera pisado. La tierra habla. Mi padre decía: Esta muchacha tiene los pies en la cabeza. Lo peor está detrás de nosotros, decía la india Lucila. Hay que andar siempre alerta.

No te subas por las ramas, dije. Cuéntame lo de Wilson.

Esa mujer era igual que el mar de Bahía. Tomaba y tiraba. Los hombres no hacen más que tumbarse y jadear al mismo tiempo, decía. Me dijo que yo era una niña cuando le pregunté qué se siente de bueno cada vez que un hombre se mete en tu cuerpo como una cucaracha.

Un secreto es un secreto, dijo.

Cada día esperaba que llegase Wilson, el sobrino predilecto del doctor Jaramillo. Cuando la avioneta que lo transportaba consiguió aterrizar en el prado de Paracumbo, la india Lucila lo estaba esperando dispuesta a llevarlo con ella a Bahía Negra. Había atravesado el monte con la silla a cuestas. Salió de la casa de doña Irma cargando sobre su espalda la silla de madera con la que los esclavos llevaban a sus amos cada vez que debían trasladarlos a través del pantanoso y accidentado monte. Cuando Wilson vio a la India con aquella silla del año de María Castaña colgada en su espalda, agarró la silla y la hizo añicos contra un árbol. Al rato, se pusieron a caminar uno al lado del otro hasta llegar a la casa de doña Irma. Tuvieron todo un día para hablar y conocerse, pero no fue entonces cuando ella se atrevió a confesarle sus deseos. Lo dejó hablar porque la indiferencia de la mujer cautiva a los hombres como las espinas protegen a las rosas.

¿Cuándo has visto rosas?, dije. Pero yo sí he visto a niños transportando adultos en esas sillas horribles.

Sí, dijo. Se ve esto y esto otro.

Su boca era demasiado grande para poder dejarme a medias con la historia. Con sus ojos de pez miraba la caida del sol mientras su boca se movía hacia otro lado.

Sólo en la anochecida, acabada la cena, la India confesó a Wilson de una vez todos sus deseos. Miento, dijo. Todos menos uno porque recién terminaba de sentir uno nuevo que le resultaba inconfesable.

Estuvo buscando las palabras adecuadas para poderlas decir sin arrepentimiento, pero Wilson no la dejaba pensar.

Así que entre Wilson y Lucila empezaba a haber algo, dije.

La palabra adecuada sería enamoramiento, dijo Aida. Soltó una carcajada. Acto seguido, interrumpió su relato para hacerme prometer que nunca le contaría a Wilson este secreto.

Lo juro, mentí.

Bogotá, fue lo primero en decir la india Lucila. A mí me contó que en esta palabra había encerrado la verdad y la mentira de su vida. Veía la capital de Colombia como si fuera una luna grande y redonda capaz de agotar todos sus deseos. Que eran pocos pero tan firmes como sus pies enormes.

Los árboles tienen buenas virtudes en la madrugada, cuando rompe la aurora. Wilson y doña María Lucila Vázquez se fueron hacia el monte. Allá arriba, Wilson le cantó un poema muy cerca de los labios. Que primero fue uno, y luego otro, y otro. Sólo las palabras bien dichas podían aquietar los deseos de la India y hacer que nacieran otros nuevos. Aquella noche doña María Lucila soñó con el amor. Tan deslumbrante y generoso fue su sueño que a punto estuvo de quebrarle el otro. Pero que al fin y al cabo ambos sueños, aunque independientes, iban juntos.

La miré a los ojos. ¿Bogotá y Wilson?, pregunté.

Sí, dijo.

No se entiende.

Está de lo más claro, dijo. Con los pesos que Wilson le adelantó para el viaje, la india Lucila no aguardó la llegada del día siguiente. Tan pronto los tuvo en la mano, al poco de amanecer, cruzó el monte en la dirección opuesta para ir a subirse en la misma avioneta en la que había llegado Wilson. Mi padrecito benefactor, decía de él.

Nunca hubiera podido emprender el viaje sin la ayuda de Wilson. En su maleta llevaba anotados los nombres de dos buenos amigos de su benefactor para ir a encontrarlos en caso de que le hiciera falta, que lo más seguro era que tuviera que andar a buscarlos. Bogotá es una ciudad de ladrones. Que hiciera cualquier cosa antes de pactar con el diablo.

Ande con cuidado, le previno Wilson. Que la ciudad es la selva de los blancos.

Pero la india Lucila no conocía el miedo. El miedo se escapaba de ella y la dejaba indefensa. Por eso la mataron.

También el pueblo, distraído en su vacío permanente, terminó por olvidar a la india Lucila. En el armario quedaba su ropa, pero cuando murió su padre de pura borrachera se perdió la casa. En alguna ocasión regresaron los hermanos, Ramiro y Armando. Lo hicieron por separado porque de otro modo uno hubiese pagado con su vida la muerte del otro. Llegaron y se fueron de nuevo. Cada uno por su lado. Enemigos uno del otro. Y pasaron algunos años más hasta que un atardecer, en época de lluvias como ahora, cuando don Jorge Andrés Jaramillo se encontraba ordenando a sus hombres que sacasen de una vez toda el agua que tenía inundado el prado de Paracumbo caso de que tuvieran que convertirlo en pista de aterrizaje, descendió de la aeronave doña María Lucila en persona. Venía acompañada por otra mujer de piel trigueña y labios azules bastante hinchados.

Acá les traigo conmigo a la nueva maestra de Bahía Negra, dijo para abreviar el saludo.

A todo el que quiso escucharla, la India precisó que la maestra mona era paisa y que ambas venían a trabajar duro para el pueblo.

A don Jorge Andrés Jaramillo la sorpresa lo tenía paralizado. A punto estuvo de equivocar el saludo y abrazar a la maestra y saludar con la mano a la india Lucila. Su calva de negro le jugaba malas pasadas porque en situaciones tensas como aquella su frente se ponía a sudar duro y le caían lagrimones por el cuello.

Los negros que baldeaban agua en la pista del prado de Paracumbo miraban de reojo el pesado equipaje de la India y tampoco podían quitarse de la cabeza la montaña de dólares que ésta había prometido llevarles a su regreso del largo viaje a la capital. Magín, el cojo, comentó que la India no traía visos de millonaria. Sus únicas joyas eran los aretes de oro puro que llevaba prendidos en las orejas y una pequeña esmeralda colgada del cuello.

Dos hombres las seguían con el equipaje. A mitad del camino necesitaron la ayuda de otro hombre. Y al rato, fue Magín, el cojo, el que terminó sumándose a la expedición. Para atajar la curiosidad de los que cargaban los pesados bultos la india Lucila los previno: Dejen ya de musitar. Lo que llevan ustedes son puros libros. Nada más. Una valija llena a rebosar de ideas nuevas, fue lo que dijo para levantar el ánimo de sus alicaídos maleteros. Los negros pensaban en dólares y allá arriba no había más que papel impreso. La India no paraba de hablar y no calló hasta adormecer al pueblo con sus cuentos de la capital. La plata la llevo aquí dentro, dijo. Y señaló su amplia frente cubierta por un flequillo negro y espeso.

Cuando las dos mujeres entraron en el pueblo se les rindió bienvenida de extranjeras. Los niños salieron en tropa a recibirlas. Decían que la nueva maestra era gringa, pero se equivocaban porque hablaba puro paisa. A la india Lucila seguían mirándola como si fuese de otra tierra. Nada más llegar, doña María Lucila Vázquez puso una mano en mi cabeza y con la otra tiró con fuerza de la oreja del niño de Melquíades.

Aida no se daba prisa en acabar su relato. A cada tanto, se quedaba en Babia, como si quisiera reposar su pensamiento de tan briosa cabalgadura. Volvía a tomar el hilo cuando mis manos inquietas por seguirla se agitaban solas tratando de darle rueda a sus palabras.

Lo primero que dijo la India fue: Campesinos listos o verracos, son ustedes unos perezosos. Se les morirá el alma de tanto muermo.

Vio que los hombres seguían tan pobres y tristes como cuando a ella le dio la ventolera de irse. Pero las mujeres comprendieron que la india Lucila seguía con ellas. Derramaron arroz a la puerta de entrada de sus casas como signo de buen augurio.

Tus palabras se parecen a las figuras del tablero de ajedrez, le cantó el negro Melquíades desde la cantina. Prometen pero no hablan.

La India hablaba de escuelas, hospitales, libros, cuadernos, lapiceros y libretas. La maestra paisa asentía con el rostro. Movía las plantas de sus pies de arriba abajo como para subrayar el discurso de su compañera de viaje. De vez en cuando abría la boca para decir que ella no era gringa. Que era colombiana. Soy colombiana, repitió.

Al cabo de una semana, doña María Lucila Vázquez clavó un cartón en la puerta de la vieja escuela. En el anuncio invitaba a hombres, niños y mujeres (especialmente mujeres) a una reunión que iba a tener lugar el domingo próximo con el propósito de intercambiar pareceres sobre los nuevos planes educativos y pedagógicos en Bahía Negra.

Dije que más que un cartel de anuncio parecía un discurso.

Así era la India, dijo. Los hombres no confiaban en ella y en su nueva forma de hablar tan poco de real hembra. De la Mona paisa algunos decían que era monja disfrazada de caleña. ¿De dónde habrá sacado la maestra estos zapaticos rojos? De Cali. De dónde más iba a ser, si no. Doña Irma salió en defensa de la nueva maestra para asegurar que las monjas no llevaban encima unos colores tan atrevidos.

Doña Irma sí fue a la reunión. También se presentó

su esposo, don Jorge Andrés Jaramillo. Aparte de ellos dos, tan sólo nueve personas más fueron a la escuela aquel domingo. Las nueve eran mujeres y al tantico de llegar dijeron que ellas no venían a conversar, que estaban acá para ver, no más, y que no iban a traspasar esta puerta porque preferían quedarse a mirar la reunión por la ventana. La indiferencia de las mujeres de Bahía Negra no amedrentó a la india Lucila. Dijo algo así como que si la montaña no va a Mahoma es Mahoma el que va a la montaña. Y al segundo de decirlo, sacó a la calle una mesa y una silla. Sentada a la mesa de su escuela alzó la voz para que pudieran oírla todos los que se habían quedado en sus casas. Habló y habló sin detenerse ni para beber agua.

El hombre de la cantina dijo que la India hablaba como si fuera el mismo Presidente de la República. Sus palabras volaban como pájaros. Hombres y mujeres se asomaron a ver qué sucedía fuera, convencidos de que la india Lucila estaba robando las palabras a un libro que debía estar leyendo a voz en grito en plena calle. Con la intención de poder asegurarse de que así era, fueron acercándose poco a poco a la escuela. Las mujeres no pudieron retener a sus hijos por más tiempo y éstos se subieron unos encima de los otros para poder contemplar de cerca a la India resucitada. Las más ancianas prendieron candelas a los santos. Las llamas serían la prueba de confianza. Si éstas, en lugar de quedarse paradas y quietas, empezaban a temblequear y a moverse de un lado a otro, quería decir que la recién llegada traía un diablo en el cuerpo.

Aida se detuvo otro momento a pensar. Reflexionó de a golpes, como si extirpara algún clavo en su memoria.

Porque la india Lucila decía frases parecidas a ésta: No permitamos que la incultura sacrifique a nuestros hijos como los buitres se alimentan de la carroña.

Bravo, dije. Y aplaudí sus ganas de teatro.

Lo que sucedió fue que mientras estuvo hablando frente a la puerta de la vieja escuela ninguno de los cirios encendidos interrumpió su hálito. Contaron las viejas que lo difícil fue apagarlos, porque la voz pura de la India mantenía quietas las llamas como si fueran balas de acero enriquecido. Las palabras de doña Lucila traspasaron el monte y pudieron oírse en Agua Dulce y en esta playa de El Almejal. Estoy segura de que los indios también la oyeron aunque no pueda jurarlo, porque de lo que los cholos piensan o dicen jamás nadie sabe nada.

A lo primero de hablar no la entendimos pero cuando venía repitiendo una tercera y cuarta vez las mismas palabras que decía al principio ya lo fuimos comprendiendo. Doña Irma pensó que la capital de la República de Colombia había contagiado a la India sus ansias de poeta y charlatana, y que no era malo que las dos cosas caminaran juntas porque el poeta peca de silencioso y el maestro de charlatán. De modo que ella fue la primera en levantar el brazo en señal de asentimiento. Las otras mujeres no se demoraron en seguir la nueva iniciativa de apoyar la inmediata apertura de la vieja escuela de Bahía Negra porque estaba claro ya que doña María Lucila Vázquez no pensaba cerrar la boca hasta conseguir que todos los habitantes del poblado, incluidos borrachos y dormidos, estuvieran delante suyo. Al final se oyeron unos aplausos. Era la Mona paisa que aplaudía a rabiar a la directora de la escuela recién inaugurada.

Empezó a llover en la Laguna. Sólo allí. Como un presagio. Leticia, la más vieja de las viejas, contaba a todo el mundo que cuando llueve en la Laguna el tiempo anuncia guerra. Pero la india Lucila, que tenía palabras para todo, respondió que la guerra, cuando llega, hay que pelearla con libros y palabras.

Los negros mascullaban en silencio porque ellos eran unos descreídos en esto y esto otro. Jamás tantas palabras juntas se habían reunido en Bahía Negra. La India sabía resolver el misterio de la vida y de la muerte. Me contó que el corazón tiembla y hace ruido mientras que el alma es invisible y silenciosa. Era capaz de reproducir el grito mudo del hombre y el gemido interno de las mujeres. En una ocasión la escuché hablar de un muchacho judío con aspecto de escarabajo cuya vida había cambiado el mundo.

Ya, dije sabiendo de qué hablaba.

Doña Irma se presentó una tarde en la escuela porque tenía un consejo que regalar a la India.

Dijo: M'hija, hágame un favor. Acá la lengua no puede volar sola y a su aire sin que provoque temor y presentimientos aciagos. Y el miedo enciende el cerebro de lo prohibido. No hable tanto. Hágame el favor.

Pero la India, empecinada y terca como era, siguió hablando. Yo repetía para mí algunas de sus frases. Las que mi cabeza tenía el capricho de recordar. Sólo esas. La vez en que don Jorge Andrés Jaramillo intervino con el propósito de cambiar el nombre de su protegida para que a partir de ahora todos, hombres, mujeres y niños pasaran a llamarle Doctora María Lucila, la India protestó:

Ni modo, dijo. Yo no creo en la diferencia de clases. No me vengan a mí con esa vaina.

En sus cartas dirigidas al Estado, la India se avenía a poner su título de Doctora en Letras y Licenciada en la Universidad de los Andes.

Una mañana me descubrió mirando a través de la ventana de la escuela. Me obligó a que entrase dentro. ¿Qué andas buscando, niña?

Le rogué a doña Lucila que me permitiese quedarme en su escuela para hacerle cualquier mandado que se le ofreciera.

Doña María Lucila me miró con sus ojos envenenados: Tú lo que quieres es que te enseñe a leer y a escribir, dijo.

Sí, dije.

¿Cómo pudo adivinarlo?, me preguntó Aida.

Nada más fácil, dije. Sólo las necias dicen la verdad.

Sí, dijo. Pero una noche en la que el negro Poncho golpeó mi espalda con la culata del viejo rifle, yo me encaré con él y me atreví a decirle que me largaba ahora mismo.

Traté de cumplir con mi palabra pero desnuda en el rincón, mis piernas no obedecieron el mandato. Así que mi padre me agarró por los brazos e, igual que se hace con los perros cuando son fieros, me ató con una cuerda a la puerta de la casa. Mi padre dijo que esta maldad que recién terminaba de oír sólo podía venir de la india Lucila. Y que me mantendría atada hasta que se me pasara la fiebre de la India.

Pasaron tres días con sus noches y yo seguía atada a la casa. Los brazos comenzaron a sangrarme. Los pies los tenía llenos de la porquería de mis propias necesidades. Hasta que en la mañana que siguió a la tercera noche, doña María Lucila se presentó en persona a pedir reclamaciones al negro Poncho.

Vea lo que voy a proponerle, negro Poncho. Usted me presta su hija unas pocas horas a la semana y yo a cambio le regalo su aguardiente gratis en la cantina. Qué, cómo no le daba vergüenza tener a su hija atada cuando hasta los marranos andan sueltos por el rancho.

Sea porque el viejo Poncho estaba a las órdenes de don Jorge Andrés Jaramillo o sea porque le convino el trato que le ofrecía la India, mi padre se avino a cortar la cuerda que me ataba a la casa.

De acá para allá, señaló el límite con una caña, haga lo que quiera. Pero en la casa usted sigue siendo mía.

Abrí la boca para interrumpir su historia y decirle que podía haber aprovechado la ocasión y desaparecer de su vista para siempre.

Aida se volvió hacia mí: Tus palabras recuerdan las candelas de viejas y hechiceras. Por mucho que digan, siempre hay un momento en el que la llama cede y si no se apaga del todo, lo simula. Nadie quiere más problemas de los que ya tiene. La India le habló a mi padre de unas horas pautadas y yo cumplía con ellas. El resto del tiempo no contaba para mí. Tampoco los golpes de mi padre contaban.

Todos tenemos problemas, pensé. De qué servía tratar de enderezar lo irreparable.

Añadió que algunas veces veía a la india Lucila caminar ligera como el viento, tan ligera que nadie se atrevía a tocarla.

Dijo que esta calavera de doña Lucila era como el escarabajo del hombre que había cambiado el mundo.

También cuando algún colibrí se escapaba de la Laguna para venir a volar junto a ella, la negra Aida pensaba que esta visita era el anuncio de una próxima aparición de doña María Lucila.

Toda mi vida se había movido entre la necesidad de creer y la imposibilidad de hacerlo. Si Aida me interesaba tanto debía ser porque su vida oscilaba entre los límites de la fe y el vértigo de lo demoníaco.

A Aida le dije entonces: Me resulta imposible creer en lo que dices del mismo modo que me resulta imposible no dejar de pensar en lo que dices.

Dijo que además de aprender a leer y a escribir, la india Lucila le había mostrado el mapa del mundo en el que Colombia se veía pequeña como el tamaño de una piedra lanzada en el marpacífico.

Creo que confundes Colombia con Australia, le dije.

Nunca antes había imaginado el mundo en pedazos de colores. Desde que vio el mapa, Aida empezó a creer que España era amarilla, Francia encarnada y Australia tan verde como Colombia. Dijo que si Bahía Negra mantenía este color de tierra húmeda era por ser tierra de diablo.

A esta última conclusión llegó Aida por razonamiento propio, sin que la india Lucila interviniera en su desarrollo porque también dijo que la India se negaba a aceptar lo más evidente.

¿Como qué?, pregunté.

Pues, por ejemplo, que el diablo entrase y saliese de la Escuela. Y tuviese la hombría de esperar afuera porque el diablo sabía más que ella. O lo llevaba aprendido desde más lejos. O porque el diablo no sabe dónde está el miedo. Que todo puede ser.

El diablo la buscaba porque esta mujer sabía convencer con la palabra. Al diablo no le gustaba Lucila. Con la llegada del invierno llegó la noticia de que un hombre vestido de verde oscuro y botas militares andaba detrás de ella para hacerle daño.

La India dijo: No me escondo. Que vengan. Los espero.

Para bajarla de su peón de guerra, dije a la India: A los hombres del diablo no les gustará que usted camine sola por el monte.

Yo no tengo patrón alguno y ando por donde quiero, fue lo que dijo.

Desenvolví mi fardo de amuletos y le regalé una serpiente de anillo. Nada más que para protegerla.

Doña Lucila caminaba sin prudencia. Desde entonces siempre la seguía a distancia. No me apartaba de ella. Una parte de mí se quedaba en la casa de El Almejal atada en espíritu a la puerta del viejo Poncho mientras la otra andaba o corría, según fuera, tras los pasos de la india Lucila.

Había veces en que la fatiga podía conmigo. Entonces debía renunciar a seguirla y descansar un poco. Además, los metros perdidos los iba a ganar después tratando de alcanzarla por algún atajo. Soy diestra en la tarea de ir ni demasiado deprisa ni demasiado despacio. Gracias a la india Lucila el monte era para mí un mapa conocido sin necesidad de ponerle letras ni colores. No hacía mucho me había enseñado a seguir pisadas humanas y descifrar sus huellas. De ese modo averiguó muy pronto que yo caminaba tras ella y cuando no me quedaba más remedio que detenerme para reponer ánimos doña María Lucila también descansaba unos segundos y me daba así tiempo suficiente para no perderla de vista.

Al diablo se le ponían los ojos colorados y las pezuñas tiesas cuando veía que ni bajo los árboles y en medio de la espesura podía apresarla. Como varón que se precia ser, el diablo la prefería india a universitaria, callada a habladora. Para el diablo una hembra que mucho sabe es como un espíritu sin cuerpo que lo tenga sujeto. Y la India andaba suelta día y noche, sin amo ni criado. Y como además de sabia la India era mujer hermosa, la guerra con el diablo estaba declarada desde un principio. Ningún hombre quería tomar a esta mujer como esposa porque decían entre ellos que una puta sabia y deslenguada es peor que una puta pendeja, vieja o desdentada. Si soñaban con ella, a la mañana le buscaban las espinas. Hubo algunos que inventaron falsas historias sobre su manía de enviar cartas al Presidente de la República de Colombia. Aseguraban que esta mujer era una delatora.

Doña María Lucila no quería escucharme. Deja ya de atosigarme con historias de muertos, Aida.

Pero colgada de su cuello llevaba mi serpiente de anillo. Tan lista como era y tan necia como parecía a veces. Y qué difícil se le ponía la verdad cuando no quería verla. Porque la verdad, que no consta en los libros, es la oscuridad de los doctos. Que cada sabio tiene su lado flaco. Para la india Lucila nada era bueno o malo. Lo importante era el momento.

Cuando veía venir las penas, animaba a la maestra paisa a que cantase boleros.

Con su voz afónica Aida me cantó el estribillo del bolero llamado *Acoso*.

Porque llega el amor airado
y canta la mariposa en el polvo.

Bravo, dije

Me contó que las canciones de la nueva maestra espantaban las malas lenguas. Para mí que la letra de los boleros la inventaba doña Lucila Vázquez junto a la

Mona paisa, porque todas narraban nuestras penas y desgracias. Hasta los hombres del diablo ponían su oído a las canciones y luego las repetían cambiándoles la letra según el interés de cada cual. Por la canción podíamos saber de qué lado se movía el tipo. Casi siempre del lado contrario al nuestro.

Pasado un tiempo, Aquiles Ferlosio hizo correr por el pueblo que la nueva maestra era una emisora de radio colectiva. Menudo pendejo. El pobre Aquiles, sordo como estaba, no podía entender cómo una maestra gringa sabía cantar tan requetebién en nuestro bello idioma colombiano.

No soy gringa, insistía la maestra. Soy paisa.

Ni modo. Lo que sentenciaba el sordo Aquiles iba a misa. Era inútil. Nadie quería creer a la maestra. La mala suerte se debía en mayor parte a su cabello amarillo y brillante como la yuca.

En la Escuela los niños aprendían demasiado rápido. Demasiado pronto los enemigos de la india Lucila corrieron la voz de que las palabras de la Escuela eran espías del progreso. A partir de entonces, cada hombre malvado se creía un elegido para combatir a aquella mujer. Cada quien se otorgaba el derecho de volar por los aires a todo el que no fuera como él o como el hijo de su mejor vecino. Como Doña María Lucila persistía en seguir el camino de la paz y en no moverse de ahí ni por nada, los hombres del diablo empezaron a decir que además de delatora, la India era enemiga de la guerrilla, de los narcos, de los militares, de nosotros los negros y en consecuencia enemiga también de todo el Estado.

La india Lucila no se cansaba de repetir: Siento que soy libre pero sé que no lo soy.

Así era ella.

Doña Lucila, le dije, la vienen persiguiendo. Hágame caso ya.

¿Qué? ¿Quiénes?, todavía me preguntó.

No sabría decirle. Si le digo que el diablo, usted se ríe y no me cree. Vienen de la otra parte del río y van diciendo a tiro de escopeta que este monte jamás pertenecerá a la guerrilla. Que esta selva pertenece al Estado y que las maestras son la disgregación social y el peligro de la patria.

Me respondió que bueno pero yo sentí que no quería escucharme. Su cerebro no conocía el miedo. De tanto pensar en él había conseguido olvidarlo.

La India decía también: Cada pueblo se comporta como si hubiera llegado al fin de la historia.

En el camino de la Laguna tres hombres la estaban esperando. Se los encontró de frente. Yo la seguía como sombra de memoria que ni sabe ni olvida. Sólo mira y avanza. La india Lucila saludó al más flaco. Por lo visto se conocían de niños. Así que la India le echó una de sus grandes sonrisas de dientes bien abiertos, como se saludan los blancos cuando hace mucho que no se han visto y por fin se encuentran. Hizo ademán de acercarse a ellos pero tampoco le dieron tiempo para más. El negro más alto le disparó en la cabeza.

Asesinos, dije. Pobre mujer. Una especie de heroína sin historia.

Miré hacia arriba. En el cielo brotaban diminutas y blancas las estrellas. Aida volvió a destapar la calavera de la india Lucila. La puso entre sus manos y señaló con sus sucias uñas unas pequeñas incisiones en el cráneo.

Aquí se pueden ver las señales de los disparos. Estas dos marcas oscuras, dijo.

Al cielo no le importaban las historias. Un minuto más y sería de noche.

La india Lucila se demoró en morir. La estuvieron pateando con sus botas contra el suelo. ¿Por qué no la matan de una vez, carajo? Morir es más sencillo que nacer.

Me miró como si hablase con su otra pierna atada a la puerta de su casa.

Mátenla, carajo. Ni las bestias peores son capaces de hacer tanto sufrimiento.

Los tres negros se habían quedado en medio del camino mirándola morir. Entonces, el que disparó primero encendió un cigarro. Como no tenían prisa decidieron arrastrarla hacia la espesura donde la vegetación pudiera esconder la podredumbre de sus pensamientos endiablados y sus acciones maléficas. Entre el ramaje espeso de plátanos y mangos buscaron un lugar para sentarse y verla morir. Mientras moría, los hombres, abrazados a sus fusiles y metralletas, intercambiaban historias obscenas sobre la india Lucila. El negro del cigarro dijo que podía esperar todo el tiempo que hiciese falta para que el cuerpo de la maldita India quedase tan frío como el témpano.

Entre tanto yo me había subido a un árbol para que el silencio de la tierra cuando sufre no pudiera delatarme. Desde mi escondite podía escuchar los sufrimientos de la India durante bastante rato. Las hojas no tenían reservas para soportar sus gemidos. La noche consiguió apagarlos, pero tampoco entonces los hombres diablo se apiadaron de ella y permanecieron con sus botas sobre su cuerpo hasta que finalmente dejó de suspirar.

Fue entonces cuando uno de ellos rasgó las ropas de la india Lucila hasta dejarla tan desnuda como cuando vino al mundo. El segundo diablo, aquel negro flaco y alto que fue el primero en saludarla, se bajó el pantalón hasta la entrepierna. Fue también el primero en poseerla. Se clavó de rodillas frente al cadáver de la india Lucila, la levantó por la cintura y no dejó de entrarle y salirle una y otra vez hasta dejar sin huecos a la muerte.

Gimió y jadeó tantas veces como le pidió su alma negra de diablo carcomido. Creo que fueron ciento veinte. Mamita negra, gritaba el negro con su puñal como conciencia.

Aida mecía su cuerpo de atrás hacia adelante con las manos cruzadas sobre su vientre de pesares desbocados.

Una vez terminado el primero, fue el segundo. Y luego el tercero, el del cigarro encendido, que cuando acabó de hacer lo suyo se levantó y dijo:

Ahora sí. Ahora ya puede darse por muerta.

Sabes que si es cierto lo que cuentas deberías denunciarlo, dije.

Por supuesto que sí, dijo Aida incrédula. Y entonces el jefe de la banda con su cigarro encendido diría a todo el mundo: He sido yo. Nada más sencillo. Hay que comer pescado, no espinas.

Una parte de la india Lucila seguía viva, se acercó al árbol donde estaba subida y me susurró al oído:

Que no te asusten estos hijos de la gran perra. Para no morir hay que estarse quieta. Hablar poco y escucharlo todo. Hazme caso. Todo lo que permanece dentro, fructifica. El que tiene santo de veras ni siente ni padece. Nada le duele. Eso fue lo que pensó Aida.

Cuando bajó del árbol habían empujado el cadáver a un lado del camino para que pudiesen encontrarlo antes de que fuese devorado por los animales del monte. Lo primero que hice fue vestir a la India con sus ropas. Quienes dieron con el cadáver regresaron diciendo que habían encontrado a la india Lucila sin cabeza. El hombre que la vio primero fue el mismo negro flaco y alto que la conocía de niño. Era policía. Eso dijeron. Éste es policía. Y yo respondí: Este policía es el asesino de doña María Lucila Vázquez. Es lo que dije. Sí y no, dijeron. Porque según para quien el asesino de la India era un buen hombre que cumplía con su deber de policía. Al diablo se le ponían los ojos como faros encendidos. La cabeza se la habrá comido algún animal, dijeron. Yo no respondí. Podía jurarlo aunque no podía prometerlo.

7

La lluvia golpea sin tregua los frágiles tablones de uralita del tejado. Cuando consigue colarse a través de ellos, el agua cae a chorro dentro de la casa y vuelve a desaparecer entre los tablones del suelo. Llueve cada tarde. Ayer no lo hizo, pero hoy ha vuelto a inundarse la terraza y una cortina de goterones se desplaza a capricho de un lado a otro del dormitorio. Imposible pensar en otra cosa que no sea en el terco gotear del agua. Cuando llueve, vida y muerte quedan a la espera de esta osadía del cielo por hacerse notar. Cuando llueve de este frenético modo se encharcan los campos y los aviones no aterrizan. Sólo un piloto imprudente o borracho sería capaz de salir a volar con un aguacero como éste. Pero siempre hay un loco que ordena y otro pobre loco que obedece. Cuesta entenderlo pero es así.

Con el agua que cae sólo las tortugas parecen ser felices. Se apresuran a salir a tierra firme para recibir cuanto antes la lluvia bendita que chorrea sobre sus grandes caparazones y toman su tiempo en el trabajo de reunir sus huevos en la arena. Puedo verlas desde la ventana. He estado leyendo mi libro favorito y también he jugado un rato a clavar la punta del bolígrafo rojo entre las grietas y boquetes de mi mesa, donde me siento a mirar y a distraerme con lo que tengo delante. No es gran cosa. Examinados detenidamente hay un sinfín de volcanes diminutos que escupen chispas coloradas. Después, ya no he sabido qué más hacer. Volver a mirar. Escuchar las distintas cadencias de las olas. Reinventar sonidos nuevos porque también la selva se queda muda y detenida con la imponente lluvia.

Pero esto no es un diario. Es mi cabeza que repasa. Una vez haya reunido todas las frases convincentes hablaré con Wilson. Debo contarle todo lo que sé desde que Aida ha decidido confiarme sus secretos. Fuera de estos hechos, el silencio que me rodea no hace más que confirmar mis conjeturas. No quiero saber y, sin embargo, no dejo de pensar en lo que temo.

¿Qué temo? Odio llama a muerte. El que no piensa en morir nunca sobrevivirá a esta guerra.

Si pienso es para llenar el tiempo y porque no tengo otra cosa que hacer más que pensar en los innumerables boquetes de la mesa. El odio tampoco disminuye con la lluvia. Más bien aumenta esta necesidad de estar siempre dispuesto a cualquier infamia. Algo reluce a través del cristal. Pero en esta ventana sin vidrio soy yo la que está inventando.

Me levanto. Voy hacia donde está Wilson y le cuento todo lo que ha llegado a mis oídos sobre la muerte de la india Lucila. Me escucha sin pestañear. Sus ojos son demasiado pequeños para ser sinceros. En mis manos, dos cartas de la buena suerte. La dama de corazones y el rey de bastos.

Me confiesa que la india Lucila no es la única. Otras

personas han muerto. Colombia asesina miles de personas cada año. No puede ni contarlas.

Dice: De qué sirven las estadísticas si no tienen rostro.

Wilson desvía sus ojos hacia sus cartas de la mala suerte. El libro que tiene en las manos oculta la baraja de naipes. La lectura lo protege del miedo. De vez en cuando, levanta la cabeza y mira hacia otro lado. No me mira a mí, que estoy pensando y dispuesta a declarar mentiras y verdades.

No puedo esperar mucho tiempo, digo. Ahora ya es demasiado tarde para pensar en lo que debo hacer. No puedo moverme. Te quiero. Mira la sencillez de mi toma de posición. No debo aceptarte y tampoco me siento capaz de abandonarte. La vida es una pelea constante con el propio pensamiento. Tanta lucha para no ser capaces de comprender la muerte.

La ventana de la cocina da al bosque más oscuro. Si no estoy hablando sola, lo parece. Wilson me escucha a ratos. En otros, hace como que no me oye.

Cuando sea de noche no podrás leer, digo.

La sensación de que la gente siga amándose como si nada ocurriese me deprime. Ya no soy capaz de ver en el horizonte de la vida la marca del horror que sigue sucediendo. Esto es lo más difícil de sobrellevar. La ceguera.

Digo: La negra Aida se quedó con el cráneo de la india Lucila y desde entonces lo lleva encima como si fuera un fetiche o un trofeo. Le pide favores y le canta plegarias a la calavera de doña María Lucila. Tu amante.

Dice: Ya estás hablando como Aida. Las palabras son peligrosas cuando son ajenas. La realidad que entra en las palabras es menos interesante que la imaginación que las construye.

Digo: Ya estás hablando como un escritor. No acabo de entenderte. Estás y no estás. Dices que escribes y no escribes.

No quiero observarme en su rostro. Tampoco quiero hablar por boca de Wilson ni por la boca de Aida. Me siento quemada por un sol que no es el propio.

Podría regalarle un beso pero es pelea lo que busco.

Digo: Tú lees para no ser visto y poder pensar a tu aire. Tú sí lees para no ver. Lees para no ser molestado. Lees para ocultar tus sentimientos. Los hombres suelen mentir con su silencio. Sus intereses son opuestos a los que deberían ser los prioritarios como la salud, la enseñanza, la paz. Las mujeres no sé si lo harían mejor pero lo harían de otro modo. Además, siento que tampoco me quieres. Me utilizas.

Wilson no responde a mis púas. Tampoco dice ya estamos otra vez con el discurso feminista. Pero lo piensa. Estoy segura de que lo está pensando. Esta lluvia es una camisa de fuerza para las palabras. Preciso sacar mi rabia ahora mismo. La cerveza tampoco logrará calmarme. No me gusta beber. Lo siento.

Mi amante necesita un bolígrafo para hablar. Yo tengo unas tijeras, un puñal, una escopeta. Disparo frases que sólo creo a medias.

Digo, dices, no te vayas. Siéntate frente a mí. Hablemos. Bebe. No bebas.

Digo: Escribe. No escribas. Nada hemos construido juntos. Ni una página. A todo llamas realidad. A todo llamas vida. Follar conmigo es lo único que quieres. Nada más.

Ésta es una conversación más peligrosa que el amor

porque Wilson no parece estar acostumbrado a que una mujer le reduzca la vida a una sola cosa. Follar le parece una palabra insana.

Decide dejar el libro a un lado. Dice: Soy un condenado.

Somos amantes, digo. Por eso estamos condenados.

Me siento y trago saliva. Pongo el corazón sobre la mesa.

Digo: Lo pensaste detenidamente. Todo lo tenías calculado. Liber dictó el programa y tú no has hecho más que seguirlo. Siempre con un libro en las manos con el que proteger tu escondite erótico. Y ahora, Wilson, una vez tienes el libro y la mujer que buscabas no sabes qué hacer conmigo. De pronto el amor no sirve. El sexo es un cacharro oxidado por la lluvia. No hay mejor tapadera que ésta. Aida deambula por ahí con su calavera de fetiche. Pero al menos ella habla. Tú, no. Tú callas y lees. Callas porque Liber se ha olvidado de nosotros. Se siente cómoda en su sillón de peluquera. Nadie nos escribe cartas. Callas porque piensas que tu silencio me protege. Me escuchas a ratos, como ahora. Cuando lees demasiado, dejas el libro a un lado y te dices: Vamos a ver lo que cuenta Rat. Pero no importa. Debo amarte y esto es lo que me propongo hacer contigo a pesar del círculo del sexo. De otro modo, qué haríamos. Cuando menos, tenemos nuestros cuerpos. Mírame. No finjas. Te estoy hablando de nosotros. Eres como el cartero que no existe. Vas y vienes. Tu voz me reclama. Te escucho. Aprendo a pensar despacio. Y a controlar la expresión como ahora, aunque la rabia salga·por mi boca. No te rías. No me escribas. Prefiero las cartas. Siento mi vida como una carta que nunca consigo empezar del todo.

Wilson se levanta de la cama y dice que jamás me había oído hablarle de ese modo.

Digo: Sabes lo que pienso. Pero tampoco trato de decírselo. Pienso que debería ocupar mi tiempo en hacer algo.

Está bien, dice.

Ha vuelto a sentarse en la cama. Cruza las piernas como si fuera a confesarse.

Arruga la frente hasta convertirse en un viejo al que le tiemblan los dedos de la mano cuando sostiene el cigarrillo. Antes de hablar exige a su interlocutor que lo escuche con atención detenida. Pone sus oídos en el centro del discurso y escucha sus palabras como si las dijese otro. Es vanidoso con la lengua.

Tengo una lata de cerveza en la mano. No recuerdo si fui a la cascada a por ella. Al arroyo lo llamamos la heladera. Mi cerveza no está fría pero tampoco caliente. De acuerdo, está caliente.

De acuerdo, entonces. Ya basta. Propongo que siempre podamos irnos. Habrá otros lugares donde vivir sin miedo. Vámonos a México, a Francia, a cualquier parte.

Después de pasarme la mañana entera escuchando sus provocaciones y sus miedos, salgo de mi rincón de castigo. Me levanto y empiezo a recoger mis cosas como si estuviera dispuesta a viajar ahora mismo.

Wilson me detiene con el brazo. Bebe de mi botella. Le escucho pero no le veo. Está hablando a las patas de mi cama, a mis piernas, que se apresuran a subirse los vaqueros, a mi vientre cerrado y descompuesto.

Dice: Quiero ser hombre y quiero ser amante. El país no importa. La normalidad es un estado que me resulta ajeno. Si estoy contigo, el resto deja de dolerme.

Los momentos más hermosos de mi existencia los he vivido en la cama con mujeres pagando o no pagando. No me quites este sueño. Deja que sea yo el que se muera de amor entre tus piernas.

Levanto la voz sin esconder mi súplica. Le digo:

Te hablo de otros países, otros lugares donde poder seguir juntos. Por qué desconfías de mi optimismo. Mi melancolía te desarma. No contabas con ella. No soy un libro. Tampoco tú eres santo ni héroe. Escúchame bien. Eres un escritor desesperado porque seguramente la novela que estás escribiendo es menos verdadera que tu vida y porque tus pensamientos te resultan mucho más excitantes que tus sueños.

Cierro la puerta del dormitorio y trato de tapar el hueco enmarcado del cuadro marítimo. Pero ésta es una ventana sin protección alguna que divida el exterior del interior. Somos lo que vemos. A un metro de mí, Wilson fuma un cigarrillo y mantiene su vista concentrada en sus zapatos.

Mis ojos empiezan a arder. Quiero apagar el fuego y evitar el llanto. Si me acerco a su mano, estoy perdida. El sol tampoco vendrá esta tarde. El picaporte de la puerta es un pedazo de cordel despeinado en sus cabos.

Soy un escritor que se aburre, dice. Un escritor convencido en lo más hondo de que su futuro es de no escritor. Me basta con ser tu amante. Créeme. No pido más. Podemos seguir así todo el tiempo que tú quieras. Vivir en esta cabaña es agradable pero si tú quieres nos vamos. No quiero ser tu náufrago. Deja ya de sermonearme.

Claro, digo. Vale. De acuerdo. No hablemos más. Yo también empiezo a estar harta.

Deseaba la llegada del cartero para tener noticias.

Aquí donde ni siquiera llegaba el periódico pedía que el cartero fuese un inventor de noticias.

Por la ventana vi venir a un hombre. Reconocí a Jorge Andrés Jaramillo por sus botas. Era la primera vez que venía a visitarnos. Se había quedado cerca de la casa pero sin ánimo de entrar en ella ni llamarnos desde afuera. Nunca tenía prisa. Wilson no tardó en salir a su encuentro. Parecían hermanos. Los dos tenían el mismo caminar cansino. La cabeza de Wilson le pasaba unos dedos y el cabello era algo más oscuro que el de su tío pero también era más calvo.

Me quedé a observarlos durante un rato. Volvió a llover y estuve dudando entre salir o seguir dentro de la casa. En seguida sus voces se hicieron más próximas porque la lluvia cesó y las olas devolvieron sus ecos al mar. Oí cómo Jorge Andrés Jaramillo le hablaba a Wilson de algún asunto referente a cultivos y a impuestos. Dijo la palabra amapola varias veces. Alzó el brazo y señaló en dirección al monte. Lo agitó con brusquedad y como si desde allí estuviese amenazando a alguien que viviera en el otro lado. No lo vi más preocupado que de costumbre porque tenía de natural una expresión seria y reconcentrada en sus cosas. Más triste que antipática. Entonces vi iluminarse por unos segundos las hojas de los árboles. El sol se dedicaba a hacer guiños a la grisura del cielo enviando unos escuálidos rayos pasajeros que se apagaron demasiado pronto. Incluso con la lluvia torrencial de esta tarde la pobreza costaba de verse en un lugar donde el asfalto no existía y la vegetación era tan espesa y generosa que ocultaba la miseria. Los cadáveres dejados por la moridera tampoco se veían, pues el mar lavaba hasta las sombras de estas muertes.

Decidí salir a saludarlos.

Jaramillo sacudió los hombros y separó las piernas. Se sabía aún dueño de su finca y esta cabaña era también su casa, así como el resto de la playa de El Almejal. Más allá ya no podía asegurarlo desde que el fondo del mar fue ocupado por los gringos con su flota de destructores dispuestos a apoderarse de lo que fuera.

Dijo que gracias por la invitación pero que no entraba. Yo me senté en el escalón del porche dispuesta a escucharles, pero Jaramillo cambió de conversación nada más verme. Sin que viniese a cuento se puso a hablar sobre un escarabajo mortal del que aseguraban que se metía entre las sábanas y picaba a los durmientes. Dijo que en Bolivia ya lo tenían controlado.

Wilson permanecía inmóvil con las manos colgadas a la espalda como un actor que espera su turno para entrar en la comedia.

Menuda noticia nos trae, Jaramillo, dije. Bolivia queda muy lejos.

No debió oír o entender lo que decía porque en lugar de prestarme atención siguió impasible su discurso. Aquí el pensamiento se movía tan despacio que las palabras necesitaban dar demasiadas vueltas para terminar llegando a donde todo el mundo. No es que el tiro de la frase fuese más largo. Sencillamente, crecía en espiral y se elevaba dibujando varias circunferencias. Hasta las ideas quedaban flotando en el aire como libélulas pasmadas en su aletear difunto.

Dicen que el veneno del jodido escarabajo se le queda a uno en el cuerpo por años hasta que después de unos quince o más el tipo muere por su causa. Esto es lo que cuentan quienes pudieron verlo. De lo demás, no pregunten. Si será o no cierto, ellos sabrán. Yo sólo vengo a anunciarles.

Dicho esto, levantó las palmas de sus manos con ese ademán de mariposa blanca tan propio de los negros de esta zona.

Usted me está tomando el pelo, Jorge.

Sentí que algo amargo le encendía la boca. Tragaba saliva constantemente. No sé qué cosa le quemaba más, si la lengua o el silencio.

Wilson se subió al escalón del porche. Acto seguido, volvió a bajarlo. Habíamos dejado de bromear para mirar las idas y venidas de su pensamiento inquieto. Su constante cambio de posición no dejaba de asombrarnos.

Siga adelante con la plantación, le dijo por fin a Jaramillo. De algo tienen que comer ustedes. Yo no tendría ningún reparo. Además, los narcos le ponen al asunto tanto ingenio que hasta la guerrilla no tiene más remedio que pactar con ellos. Hágame caso, tío, y vaya a ver al patrón como si no le fuera su plata en esta vaina.

Los hombres continuaron uno frente al otro durante bastante tiempo. El silencio los mantenía unidos. Seguían allí como si la conversación que sostenían no dependiera de sus bocas sino de sus pies enterrados en la arena de la playa.

Pensé que ya no podía seguir ni un minuto más con la camisa de Wilson en una mano y en la otra la incomodidad de mirar sin hacer nada. Así que dejé la camisa a un lado y acomodé mi espalda en el aspa de madera que sujetaba el pasamanos de la escalera.

Jorge Andrés Jaramillo ya no tuvo recelo alguno en decirnos que la guerrilla tenía casi todas las tierras controladas. De nada había servido resistirse porque hasta los patrones pagaban sus impuestos a la guerrilla, e incluso los colonos, como el propio Jaramillo, si querían sobrevivir no tenían otro recurso que el de atenerse a las órdenes de los guerrilleros.

Pero éste no es el peor mal de todos, dijo. Los hubo que eran buena gente, pero estos de ahora no merecen mi confianza. No me gustan. Pactaron a espaldas nuestras. Cien hectáreas de plantación de coca para cada uno de los campesinos. Con esto apenas comemos.

Jaramillo movió la cabeza como las gallinas cuando ponen. Pudimos ver que se sentía receloso de las sombras.

Los campesinos, siguió diciendo, estamos a merced de los saboteadores de las tierras. De una parte, somos esclavos de los narcotraficantes y de la guerrilla, dos enemigos en dos frentes opuestos. Y cuando al Ejército le da la ventolera de enviar la policía de Quibdó para quemar y fumigar nuestras plantaciones somos también nosotros los que perdemos.

Pero esto no significa que usted se quede callado, dijo Wilson.

La nuez de su cuello la tenía amoratada. Creo que ésta era la primera vez que veía a Jaramillo decir tantas frases juntas. Esta tierra era rica. En su larga vida de campesino había sembrado yuca, patatas, maíz, arroz y toda clase de cultivos. Pero quién se come todo esto, dijo. Nadie. No se vende. Es como sembrar polvo y aire. Lo que se vende es la coca. Dijo que, además, éste era un pueblo de ancianos. Los jóvenes quién sabe por donde andan. Perdidos en el mismo miedo.

Wilson y yo pensamos en el monte y en los jóvenes y niños sembrados por la guerrilla.

Los negros cantaban guarachas y corridos con letras

de patrones, cargamentos, plata y pájaros de hierro. A sus hijos se los llevaban los paramilitares, la guerrilla o el Ejército. Muchos no regresaban más. A los campesinos podían matarlos porque no contaban para nada. Cuando desaparecía uno, venían de inmediato diez o más a ocupar su puesto. Así era como funcionaba el engranaje de la coca.

Wilson dijo que un guerrillero sí valía más porque estaba entrenado para la guerra y su pérdida representaba un fusil menos en la contienda. De ahí que algunos campesinos se hubieran hecho guerrilleros. Como tenían hambre, la guerrilla les daba el alimento. Algunos jóvenes se metían en la guerrilla para tener que trabajar menos y estar mejor alimentados. Como la guerrilla se escondía en campamentos móviles costaba verla. Por contra, ellos sí nos veían todo el tiempo. Además, terció Jaramillo, disparar fusiles cuesta menos trabajo que raspar planta de coca.

Yo no dije nada porque ya hablé bastante cuando pregunté por qué razón no plantaban maíz, patata o yuca en lugar de coca.

Cualquier excusa es buena para matar, dijo Wilson. Matan a los vecinos, a sus amigos y a los amigos de sus amigos.

Entonces Jaramillo afirmó que a la india Lucila la mataron para vengar una muerte. Que eso estaba claro.

Aquí sí traté de intervenir: Explíqueme, haga el favor.

Jaramillo se colocó junto al canalón que ya no echaba ni gota de agua.

Pues muy sencillo, dijo. Por culpa de los hermanos situados en frentes enemigos mataron a la hermana. Así es la guerra. Matan porque guerra llama a guerra.

El argumento no acabó de convencerme. Tampoco encontré otras palabras que ofrecerle. Sin embargo, mi ignorancia no era tan absoluta como parecía. Ahora disponía de la versión de Aida para corroborar la historia y ampliarla. A ver quién sabe más. De ahí este silencio. Suelo hablar poco. Me limito a abrir los ojos de par en par cuando me quedo sorprendida por algo.

Jaramillo continuó diciendo que quien muere es siempre el campesino. Peor si es negro.

Wilson bebió otro trago de cerveza.

Yo no quiero, dijo Jaramillo con la cabeza.

Pero el padre Cisneros era blanco y también lo mataron, dije yo.

Ya no podía cerrar la boca porque mi pensamiento estaba seco.

Hay quien dice todavía que fue un accidente. Que el padre Cisneros se ahogó en el río.

Qué van a decir, dijo Wilson.

La prensa internacional se encargó de publicarlo. Como necesitaron culpables los eligieron a dedo. El Ejército encarceló a seis hombres. Como a la mala hierba los arrancaron del monte y a golpe de fusil se los llevaron a donde estaban los soldados.

Ahí estaba la noticia, pensé. De qué lugar la había sacado Jaramillo continuaba siendo un misterio.

No satisfecho con el resumen, contó que conocía a dos de los detenidos y que uno, el más tímido y novato, se orinó en los pantalones cuando lo arrestaron. Y cuando salieron del monte tenían moretones en la boca y alrededor de los ojos. Quién sabe si fueron ellos o no lo fueron. Y si al fin lo fueron, lo que está bien es que lo paguen.

Desvió los ojos hacia el camino de la cascada.

Y si mataron al cura fue porque sabía cómo defendernos. Ésta sí es la verdad más pura.

Hablando no se salvan vidas, pensé.

Acto seguido, pasaron a conversar sobre la necesidad de poner una cerca de alambre para salvaguardar los cerdos. Porque si los dejamos caminar por todas partes nuestra casa se convertirá en una cochiquera.

Hasta cuándo vamos a seguir aquí si ahora deciden vallar la porqueriza con una alambrada y unos pilones que la sostengan, fue lo primero que pensé.

Cuando estábamos por poner punto final a esta conversación, vimos a Aida venir caminando hacia la casa. Con la luz en contra nuestra su vestido de flores parecía andar solo sobre la arena. La vimos atravesar el sendero de la cascada y detenerse a escasos metros de donde estábamos nosotros. Evitó mirarnos a los ojos. Aguardaba una señal de nuestra parte que le permitiera sentirse bien llegada.

Wilson quitó del pasamanos su camisa seca y empezó a abrochársela sin prisas. Nadie pensaba en comer. El hambre con la misma hambre se olvida.

Vi la tierra del monte sobre su rostro.

De dónde vienes, pregunté.

Como no quiso responder a mi pregunta me agaché para atrapar un cangrejo que estaba arañando mis pies descalzos. Lo lancé hacia el mar. Tenía una pata rota.

Wilson y Jaramillo conocían los graves silencios de Aida. Sabían mejor que nadie que ningún hombre podía querer a la mujer que había sido la amante de su padre. El miedo a la guerra les impedía tomar un pequeño espacio para la lástima. Sentí que nuestra compasión tenía agujeros por todas partes.

Quería que Aida enseñase a todos lo que llevaba en su cesto de desperdicios, pero en lugar de pedírselo me mordí los labios.

Sabes, Aida, tenías razón en lo que dijiste sobre el padre Cisneros. De él hablábamos precisamente.

Y bueno, dijo Aida. Tragó saliva para cerrar el paso a éste u otro comentario sobre la muerte y el silencio.

Fue Wilson el que en su lengua de infancia pidió a Aida que se viniera a comer algo a casa de don Jorge Andrés Jaramillo.

Pero la negra Aida no dijo ni sí ni no.

Fui yo la que hablé por ella. Les propuse a los hombres que fueran por delante abriendo camino y que nosotras los seguiríamos a distancia.

Aida asintió, Wilson y Jaramillo estuvieron de acuerdo y yo entré en la casa donde no tenía nada que hacer salvo poner en orden mi silencio.

Voy a por los zapatos y ahora mismo regreso, dije.

La noche acababa de empezar. Por si acaso, llevé conmigo la linterna.

Cuando salí para encontrarme con Aida, ella seguía en el lugar exacto en el que yo la había dejado.

Nos pusimos en marcha. Dimos un pequeño rodeo para alcanzar cuanto antes el sendero de la cascada y desde allí podernos desviar en dirección hacia el pueblo. Encendí la linterna.

No hace falta, dijo Aida.

Aunque me sentía segura a su lado, traté de resistirme a que sus dotes de vidente también quisiera utilizarlas conmigo y en lugares tan oscuros como el monte. Así que seguí alumbrando el terreno que pisábamos.

Al cabo de poco rato, Aida me recriminó que caminase tan deprisa.

De acuerdo, dije.

Me empujó hacia un lado y dijo como si tal cosa: En noches como la de hoy, el bosque se enciende, la música suena todo el tiempo y permanecen prendidas las antorchas colgadas de los árboles.

Estás loca, dije. De qué hablas, pensé. De dónde has sacado eso.

No es una canción, dijo. Sólo te cuento lo que he visto. Ven a verlo, si no me crees.

Empezó a correr delante de mí.

No me obligues a seguirte, Aida, grité.

Cruzó el aire con un brusco manotazo y se detuvo.

Date prisa, dije. Nos están esperando para la cena. Pero mis pasos se negaban a desandar el trozo de camino avanzado. Yo la seguía hacia el otro lado del monte a través del barro y la maleza.

Su cuello largo y oscuro temblaba como las tibias hojas de los árboles. Hablaba bajo y sin mirarme. Sus piernas tenían un propósito. Es el baile de la coca, dijo. Si pones un poco de atención vas a ver cómo lo oyes. Todos andan en el baile. Los que saben y los que hacen como que no saben. Bailan toda la noche. Estuvieron trabajando todo el día y como ha habido suerte y ha caído un buen aguacero la coca ha rendido el doble.

Con la respiración en la punta de la lengua, mis oídos no daban para más.

Quiénes son estos hombres y mujeres de los que hablas, pregunté.

Date prisa o no verás los árboles que caminan.

Me paré en seco. Le dije que si insistía en confundir árboles con hombres o muertos con marranos, yo me iba.

Aida me tiró del brazo. Puso mi mano entre las suyas.

Es la coca, pensé. Aida está tomada y colocada.

Que me muera ahora mismo si lo que te cuento no lo he visto yo con estos ojos.

Si vuelves a besar tu escapulario me marcho, dije.

Abrió su boca como si quisiera ponerse a llorar.

Está bien, dije.

Con el corazón en los labios me juró que conocía otro camino de regreso hacia el pueblo y que nadie repararía en nuestra demora.

Estás jurando en falso, dije.

Me dejé llevar. Tenía sed. El aire quieto y pesado de la noche me obligaba a respirar mi propio aliento.

Mi pensamiento no puede seguirte pero con mis botas de caucho soy capaz de correr varios pasos delante de ti. Démonos prisa. Quiero ver cuanto antes todas estas cosas que cuentas. Lo vemos rápido y en seguida nos vamos.

En el monte los pies hay que moverlos con cautela. Dejé que mis rodillas corrieran más rápido que mis piernas. Miraba instintivamente dónde ponía los pies. Tropecé y caí al suelo varias veces.

Provistas cada una de un palo levantábamos ramas y arbustos. La noche era bastante clara. De vez en cuando Aida me tendía la mano y me ayudaba a sortear algún obstáculo.

A mitad de camino se me ocurrió que alguien podría verme y que este descubrimiento resultaría peligroso para Wilson.

No pienses en Wilson, dijo. Él sabe lo que hace.

Qué sabrás tú, pensé.

Estoy agotada, protesté.

Volveremos pronto, me animó. Y entonces sabremos lo que hacemos.

Hablábamos en susurros para comprobar que no estábamos perdidas. A medida que avanzábamos en la oscuridad comprobé que era cierto lo que decía. Voces estridentes y apagadas llegaban del centro mismo del monte.

Ya se oye. Ya estamos llegando a la manigua, dijo.

Sí, dije.

Eran voces festivas y aún bastante lejanas para un oído más pendiente del lugar en donde poníamos los pies que de los ecos extraños. Al principio, lo que Aida interpretó como música parrandera parecía un tam-tam electrónico retumbando en plena oscuridad.

De pronto aminoró la marcha. Cuando Aida tenía la premonición de que alguien podía cruzarse en el camino, doblaba el pincel de sus pasos y torcía la ruta.

Nos movíamos haciendo eses. Nos deteníamos un instante y volvíamos a caminar de nuevo. Parecíamos cangrejos.

Espera, dije. Se me ha metido algo en el ojo.

Son los recuerdos muertos de los vivos. Mátalos. Deja que se vayan.

Cerré el ojo y me sostuve el párpado unos segundos. El dolor no cesó pero conseguí olvidarlo por un rato.

Si Aida se agachaba yo también ovillaba mi cuerpo en un cero impoluto. Si volvía a caminar de nuevo, yo me apresuraba a no perder ninguno de sus pasos. Ahora era importante calcular al máximo todos nuestros movimientos. Estábamos cerca de algo que todavía no alcanzábamos a ver.

Me avisó con la mano. Quieta. Es aquí.

No hizo falta señalarlo.

Con la espalda encorvada como gata al acecho también los ojos de la negra Aida bailaban sueltos entre matorrales y hierbajos.

La música discotequera tronaba desde el mismo corazón del monte y apenas era sofocada por las voces chillonas de quienes en la pista de baile se movían siguiendo el ritmo desorbitado de la marcha. Unos diez o quince metros más arriba del lugar donde se estaba celebrando la fiesta de la coca, nos protegía una espesa y pequeña loma. La densidad de la vegetación impedía que viésemos con claridad parte del festejo. Tuve la sensación de estar en plena boca de un volcán que en lugar de despedir lava escupiese gritos y borrachera. Abrí los ojos todo lo que pude. Costaba creer que un exuberante salón de baile pudiera crecer en las entrañas de este rincón perdido de la selva. Varios centenares de piernas bullían y vociferaban allá abajo. La estridencia de la música trataba de mitigar las voces pero la suma de una y otras multiplicaba la sensación de ruido.

De la casa de la playa hasta llegar a esta gran fiesta improvisada en plena selva habríamos caminado algo más de media hora. Un trayecto parecido aunque en dirección opuesta al que emprendíamos cada noche cuando íbamos a Bahía Negra. Me costó creer que tal algarabía pudiese estar sucediendo tan cerca de donde Wilson y yo vivíamos como náufragos perdidos y olvidados.

La axila de Aida me rozaba el hombro. Le pregunté al oído: Wilson, sabe esto.

Me moría de impaciencia por contarle lo que ahora estaba viendo.

Hemos crecido en este lugar, dijo Aida. Durante todos estos años, Wilson y yo hemos pisado el mismo barro pero Wilson Cervantes tuvo más suerte y supo escapar a tiempo.

En la línea de su perfil ceñudo vi la sombra blanca de su corazón. Con ella me sentía segura. Tenía ojos en la espalda y agudas antenas en las puntas de sus labios.

Hemos llegado justo a tiempo, dijo. Ahora es el momento en el que los árboles se ponen a caminar como fantasmas dormidos.

En este punto de la historia ya no había razón para censurar sus milagros y mentiras. Bastaba con mirar para que el telón de mi incredulidad se fuese levantando a medida que veía. Una franja de luz empezó a abrirse desde el fondo de la tierra. Movidos por quién sabía qué misterio, árboles de gran follaje comenzaron a desplazarse en fila india hacia los lados. Caminaban al unísono y siguiendo el mismo paso cansino de los gigantes de una procesión o las carrozas de una comparsa carnavalesca. Crecían multiplicándose las llamas de las antorchas que colgaban de los árboles móviles al tiempo que un enorme espacio circular aparecía ante nuestros ojos en el que hombres y mujeres bailaban y bebían.

Nada es lo que es, dijo Aida. Imaginas que estás frente a una discoteca al aire libre. Tienes razón. Ahora es un bailadero pero este bailadero será después una pista clandestina de aterrizaje. Mientras tanto, es también un cultivo de amapola. Y hace apenas un rato, mientras veníamos hacia acá, el bailadero que ahora ves era un laboratorio de picador de hoja. Y mañana será un mercado de finanzas.

Mi cabeza trataba de seguir las distintas variantes

del proceso. Este lugar era una fábrica. Los bailarines reían y trabajaban al mismo tiempo.

A estas horas no hay avión legal que se atreva a volar la selva durante la noche. Lo hacen en el día pero entonces el cultivo de la coca no puede verse porque lo tienen protegido por los árboles que caminan. Cuando los árboles se ponen a caminar significa que el peligro ha pasado y puede abrirse el cielo pues las hojas de coca necesitan aire para poder ser pisadas de forma conveniente.

Me señaló un hombre de cogote grueso y barriga abombada. Ese hombre que grita es el patrón, dijo. Su camisa era blanca y llevaba unas gafas de sol oscuras. Movía la cabeza como un ciego. Su grito había salido de una mesa donde regalaban aguardiente y cerveza. El patrón llevaba un brazalete de mujer colgado en su muñeca derecha y una cadena muy pesada en el cuello.

Me dolían las rodillas. Acurrucadas entre la maleza apenas podíamos mover las piernas. Había mujeres negras, verdes, azules y encarnadas. Calculé un hombre blanco por cada veinte negros. Pero los negros se veían menos que los blancos porque éstos se movían con mayor seguridad y desparpajo aunque aquéllos bailasen mejor y con más ganas.

La fiesta no se detenía un momento. Creí que con el ruido iba a quedarme sorda todo un día. Tiré de la manga a Aida y casi la hago caer al suelo.

Quieta, dijo. Pueden vernos.

No me asustes, pensé. Mis piernas eran raíces temblando en la tierra húmeda.

Había más bailarines danzando sobre la pista que mirones dedicados a observar el movimiento frenético del baile. Aquello era más que un baile. Los de la pista no se detenían a descansar ni un segundo entre una pieza y la siguiente. Cuando la música cesaba era para dar comienzo de inmediato a otra canción. Los bailarines tenían orden de proseguir con su ritmo enfebrecido. Sus cuerpos flotaban en el humo nocturno como jauría de chacales.

Sentí miedo. Un miedo que venía guardando desde antes de conocer a Wilson.

Aida apoyó una mano en mi hombro. Tapó con la otra parte de mi oreja. Me cuchicheó al oído:

De lo que se trata ahora es de que bailen sin descanso. Día y noche no verás más que bailarines trabajando la coca con sus pies. El que más tiempo baile será el vencedor de la rumba de la coca y el que obtendrá más plata como recompensa. En la fiesta de la amapola lo primero de todo es rumbear y el más espabilado se atreve a llevarse al monte a una de esas mujeres. Hacen su trabajo y al rato regresan a la fiesta. Algunos pagan hasta cincuenta mil pesos por mujer o botella de whisky americano. Valen lo mismo.

Con las orejas pegadas, Aida y yo parecíamos hermanas siamesas. Un globo en el cuello me impedía respirar tranquila. Mi miedo tenía el tamaño de ese bulto. Quería irme y quería quedarme.

No temas. Estamos en lugar seguro, dijo. La noche acaba de empezar.

Ella está ahora aquí arriba conmigo, pero lo más probable es que en otras fiestas Aida también ha podido estar abajo con el resto de campesinos. Cómo era posible que nadie me hubiera dicho ni una palabra sobre estas fiestas en plena selva. Ahora comprendía que si algunas noches las casas de Bahía Negra permanecían vacías era porque los campesinos andaban rumbeando en el baile de la coca. Los árboles verdes de tan negros parecían esqueletos calcinados en el infierno dantesco.

Aida me mantenía constantemente al corriente de la situación.

Estas fiestas suelen durar un par de días. Me contó que alargarlas sería peligroso y el Ejército terminaría por descubrirlas. Como cada cultivo tiene su lugar preciado en el monte esa dispersión hace que la fiesta sea difícil de localizar. Ese desorden los tiene locos. Aunque durante la noche yo nunca me dejo ver por la cocalera. No me gusta. A mí suelen llamarme antes de la fiesta para que haga el favor de hacerle una visita a la plantación. La coca es traicionera. Sabe más ella que un blanco y un indio juntos. La negra Aida es experta en conjuros. Es lo que dicen los colonos que me contratan por cinco pesos la visita. Si recurren a mí es para que les confirme que la cosecha va a ser buena y podrán sacarle mejores ganancias. Mis conjuros les sirven a los recolectores para que la coca traicionera no los pique y los mande a la cama con el cuerpo brotado y lleno de ronchas.

Aida me advertía de sus manejos con la plantación de coca.

Hay que entrar en la cocalera muy despacio y antes que nada saludar y acariciar las matas.

Movió las manos como directora de orquesta.

Buenos días, señora coca.

Si nos da de comer yo le prometo buen abono y mucha agua.

Parecía una sacerdotisa de las plantas. Una bruja milagrera. Nadie lo diría al verla.

Aida decía también que con el agua nunca había problema en época de lluvias. Con el abono, a veces. La coca suele vengarse de los hombres que la trabajan. De ella dependía que los raspachines no fuesen atacados por la venganza de la coca. Las mujeres estamos más capacitadas para calmar su ira.

Seguramente porque nosotras tenemos conciencia del fluir del alma. Sabemos cómo hablarle y darle ánimo sin que nos vea el diablo ni meta sus oídos el Cielo.

En la pista de baile la masa movediza se fue diluyendo y pude empezar a ver con mayor claridad el rostro de algunas personas. Las mujeres que bailaban con un bolso colgado del hombro o de la espalda tampoco me parecieron verdaderas. Si reconocí a alguna no fue precisamente aquellas que llevaban en el rostro una triste leyenda de ciudad con luces de neón en las paredes negras.

A éstas, dijo Aida, las reporta el patrón en su avioneta particular. Llegan de parte del patrón en forma de obsequio que éste entregará a los raspachines y jornaleros.

Eran caleñas, costeñas, opitas, paisas. Venían de todas partes del país y también de Perú, Panamá, Bolivia y Bucaramanga porque allá donde había coca también la plata estaba garantizada. Hasta ecuatorianas y venezolanas venían en avioneta a buscarse el único beneficio contra el hambre. Se movían sobre la pista con sus pies calzados con botas de hombre con los que picar la coca extendida sobre el plástico. Colaboraban con los raspachines y ayudaban también en la recolección. Y cuando éstos no tenían plata con que pagarlas, les retribuían el servicio con polvo blanco.

No me pareció que las mujeres trabajasen con desgana. Sus bolsos estaban medio vacíos porque volaban a uno y otro lado en sentido contrario al marcado por la música. Conté las mujeres de cabeza oxigenada. Eran catorce. Tres de ellas mulatas y casi todas rubias. En el bolso llevaban espejo y maquillaje. Colorete, polvos, barras de labio y pestañas postizas, dijo Aida. Las blancas eran las más buscadas.

Se deslizaban por la pista de baile movidas por unas hélices invisibles que agitaban sus caderas y senos de forma rotunda e imparable. Algunas eran hermosas y demasiado jóvenes. Sentían que este cielo estaba demasiado cerca del infierno. A Aida no le gustaba que varias de las muchachas que llegaban con el patrón fuesen universitarias. Sabía de buena tinta que pagaban sus estudios viniendo a trabajar todos los fines de semana allá donde se diera la fiesta de la coca. Hoy tocaba en el Pozo de las Mujeres Muertas y al otro fin de semana volaban hacia otro campo cocalero. Lo mismo una de ellas es capaz de llegar a Ministra o Presidente de la República. También dijo que las putas debían cumplir bien con su trabajo, de otro modo nadie respondía de lo que fuese a suceder con sus vidas.

Y algo de coca debían meterse en el cuerpo porque de otro modo no podían mantener el ritmo bailarín durante tanto tiempo. Los raspachines bebían alcohol como si fuera agua. A falta de mujeres, muchos hombres bailaban con hombres.

Aida dijo que ella no tomaba coca. Sólo comerciaba con polvo blanco cuando era necesario. En el caos los detalles sobreviven y el orden termina por aparecer porque siempre hay un poder que renueva las cosas.

Teníamos que seguir quietas en nuestro escondite oscuro. Aida, la negra, estaba en cuclillas junto a mí y con la palabra fuera de la boca. Me puse a contar el tiempo.

Cada segundo tenía el valor de una palabra así que un minuto de Aida con la lengua afuera me parecía inmenso. Vi al patrón orinar en una esquina.

Aida dijo que cada pareja tenía que bailar tres piezas seguidas. Estaba pautado que éste era tiempo suficiente para que la hoja pisoteada pudiera quedar lista y preparada para iniciar el siguiente proceso químico en el laboratorio. La fiesta estaba ahora en su apogeo y el laboratorio no quedaba lejos. Acá al lado, dijo, en aquel almacén improvisado es donde tiene lugar el procedimiento químico. Señaló un barracón de paredes endebles y tejado de hojalata.

Cuando acabó de sonar la tercera canción reglamentaria, los bailarines abandonaron la pista para que los encargados de recoger la hoja alucinógena pudieran llevar a cabo su trabajo. No se demoraban entre una tarea y otra. Parecían hormigas entregadas en cuerpo y alma a su disciplinada faena.

En el ínterin, los vi comer deprisa y beber tragos de cerveza. Algunos hombres aprovechaban estos minutos escasos de libertad vigilada para arrimarse todavía más a las mujeres.

Apreté la mano de Aida. He visto hacer el amor en aquella silla, dije.

Una mujer de cabello lacio y rojo como el vino estaba sentada sobre los muslos de un hombre bastante más joven que ella. Mantenía las piernas separadas y daba la espalda al muchacho como si lo que estuviera haciendo con él no fuera con ella. El hombre joven estuvo jadeando unos momentos hasta que agonizó su sueño, levantó la cabeza, abrió los ojos y volvió de nuevo a su lata de cerveza. La mujer ni lo miró siquiera. Pensaba en el cigarrillo que no podía quitarse de los labios.

El fuego que crecía en la pista de baile arruinaba el resplandor de las estrellas. En este universo de la noche nada podía detenerse un segundo. Cuando los recolectores terminaron de quitar la coca salada de la pista se apresuraron a colocar sobre ella otro montón de hojas nuevas. Elevaron el tono de la música a no sé cuántos decibelios y los bailarines, algo más ebrios que la vez anterior, reiniciaron su ritmo frenético.

¿No tienen miedo?, pregunté. Porque a mí me temblaban tanto las piernas que tenía que sujetarlas con las manos.

Aida dijo: El miedo lo mata la coca y la coca funda el miedo. El miedo no es peor que el infierno del hambre.

Ya, dije.

Señaló con el dedo a una figura que apartada de la pista bailaba para ella sola.

Me costó un poco reconocer a Alicia, la hija de Jorge Andrés Jaramillo. Era la última persona que podía imaginar que estuviese metida en el campamento cocalero. Como cinta barrida por el viento, a punto de romperse en cada ráfaga, Alicia se movía sin ninguna clase de ritmo y a destiempo. Contraria a la música y a la vida. El sempiterno cigarrillo le colgaba del labio y en la mano, como si fuera un bolso de noche, sujetaba el paquete de Piel Roja. Los huesos le sobresalían del cuerpo pero ella seguía dándose aires de reina indiscutible de la fiesta. El esqueleto de una Ava Gardner borracha no podía hacerlo mejor. A ratos, Alicia abría la boca y como le faltaban dientes en lugar de hablar inventaba muecas con las palabras. Ningún hombre perdía un instante de la noche en mirarla. Sin embargo, todos querían comprenderla.

Qué hace Alicia aquí, pregunté.

Lo que todas, dijo Aida.

Le di un codazo.

¿Y su padre? ¿No protesta?

No quiere saberlo pero lo sabe. Todos lo sabemos. Y tampoco lo sabe nadie. Su madre la deja hacer y no se mueve. No ha tenido suerte con ella.

Iba a contarme algo más cuando un tipo con uniforme de camuflaje se coló en medio del jolgorio y levantó su gorra hacia el lugar donde estábamos escondidas.

Me sentí perdida. Un frío extraño empezó a trepar por mi espalda como si fuese una culebra. No temas, dijo Aida. Sólo un perro podría descubrirnos y ésta no es una fiesta para perros.

Estoy segura de que el guerrillero nos ha visto, insistí.

Al parecer aquella fue una señal dirigida a otros. Me extrañó ver a un guerrillero en la fiesta de la coca. Parecía una mosca en un vaso de cerveza.

Aida escupió la piedra que tenía en la boca. Dijo que no con la cabeza. El patrón vigila al colono, el colono vigila al guerrillero y el guerrillero nos vigila a todos para cobrarse el impuesto del patrón y del colono. Así es la cosa.

Por si acaso, preferí moverme otro poco más hacia la derecha. Aida terminó por arrastrar todo su cuerpo por el barro. Quería irme. Pero no era éste el mejor momento para hacerlo. Como no las tenía todas conmigo vomité mis protestas al suelo. A rastras, conseguimos alejarnos unos pasos. Cuando volví a levantar la cabeza lo primero que vi fue a Alicia. Me habían contado que durante un tiempo, después de que matasen a la maestra, ella tomó bajo su responsabilidad el trabajo de educadora del pueblo. Si lo que contaban era cierto no podía ser la misma Alicia esta que ahora se prostituía con raspachines y chamberos. Ningún hombre por viejo que fuera podía sentir el deseo de arrimarse a ella. Ver a Alicia acunar su pena entre los nombres de las hojas me hacía sufrir.

Aida me aseguró que Alicia era la abuela de todas las prostitutas, tanto de las universitarias como de las que no lo eran. Ahora trataba de llamar la atención fumando y bebiendo tal y como veía hacer a aquellos hombres que a lo largo del día más arrobas de hoja conseguían raspar en la plantación. Por lo general, eran también los mejores bailarines. Mientras en el campo hubiese hoja que raspar la muerte no existía. Su alegría de muecas grotescas y rompedoras daba miedo. No había un punto en la fiesta que no guardase un secreto de muerte. Las madres tampoco podían apartar a sus hijos del baile porque cada brazo, por diminuto que fuera, valía su peso en oro. Cada coma del círculo llevaba escondida el secreto de otra y de ese modo se enlazaban las historias. Había que aprender a leer las frases desde la oscuridad del volcán. Todo el mundo sabía lo que nadie contaba nunca. Me extrañó que Aida hablase tanto. O tal vez era su silencio el que hacía ruido y tiraba sus canciones a mi oreja.

Me dan ganas de llevarme a Alicia a casa, dije.

Ni lo sueñes, dijo. También yo he pisado coca en una cocalera. Y Wilson, aunque lo negara cien veces, pertenece también a este infierno. Su prima Alicia pasa aquí los tres días que dura la fiesta. El campo de cultivo es suyo. El Pozo de las Mujeres Muertas pertenece a su padre, el doctor Jaramillo.

Levanté la barbilla. Aida se asustó al creer que mi

decisión estaba tomada. Estaba convencida de que los blancos cumplían con lo que decían tan pronto como terminaban de decirlo, al contrario de nosotros los negros, que nos pasamos la vida queriendo decir lo que jamás hacemos. Así que ya nos vamos, dijo.

Por supuesto, dije.

La música creció en la manigua, pero ahora que nos apartábamos del lugar, la escuálida luz de mi linterna nos devolvió al consuelo rutinario. Caminábamos deprisa y midiendo el lugar de nuestros pasos. Tan pronto íbamos por un atajo como regresábamos al camino antiguo y conocido. Sólo pensaba en el momento de contar a Wilson lo que había visto en el Pozo de las Mujeres Muertas con su pista de árboles deslizantes y las parejas de baile enloquecidas. Este deseo me empujaba a saltar entre la maleza como niña que se escapa.

Una vez conseguí ubicarme en el sendero antiguo fui por un rato la jefa de la expedición. Aida trataba de seguir hablando con su voz secreta. Sus palabras corrían a mayor velocidad que nuestros pensamientos juntos. Yo quería salir mientras que Aida reclamaba quedarse en este sonambulismo incierto. Algunas mujeres necesitan apoyarse en otras para así odiarse mejor. Cuanto más se odian también con mayor frecuencia se reencuentran. Pero mi amistad con Aida no crecía de ese modo. Una siempre termina pensando que su nivel de amistad es diferente.

Nunca hablaba de amor. Para descongestionar el ritmo acelerado del camino repetí una canción muy conocida:

Así que tienes novio.

No, resopló.

Venga, dije. No me engañes.

No me gustan los hombres, dijo.

La miré sin querer creerla.

Mastiqué mi silencio.

Luego, dije: Espera a ver la verdad cuando te llegue.

Lo que Aida tenía que decir ya estaba dicho. Ahora sólo faltaba el resto.

Termina de contarme lo que piensas.

Alicia está infectada, dijo. Vi el virus en su rostro antes de que ella lo supiera. Tenía la enfermedad y nadie conocía el nombre. Muchas de las muchachas la llevan encima como su cocalera personal pero de la sangre enferma nunca se habla. Cuando a Alicia le empezó la fiebre, dejó de comer. Su cuerpo no resistirá mucho tiempo.

Arrastraba las frases como piedras apartadas del camino. Ahora yo tenía dos secretos en uno. Dos silencios que ocultar en la misma cena. Ni siquiera la enfermedad de Alicia podía quitarme la palabra de la boca. No comeré, si hace falta. Tampoco hablaré del Pozo de las Mujeres Muertas.

Llegué a casa de tía Irma con la lengua fuera. Nadie salió a recibirnos. Todos los vecinos dormían sus miedos en la cocalera. Antes de sentarme a la mesa pensé que Aida y yo teníamos algo en común.

Entonces no lo sabía. No podía saberlo. Pero nuestro punto en común, pensó Aida, es Wilson.

8

A la mañana siguiente desperté pensando que quería olvidar algo muy importante de mi vida. Entre las páginas de mi cuaderno yo quedaba excluida como un cero. Moví los cinco dedos de mi mano derecha y arrugué el pequeño trozo de pasado como quien decide romper con las cartas de una vida.

Hice un repaso de recuerdos.

La muerte de mi madre.

La nieve del invierno cuando no hay nieve y es invierno.

El Pozo de las Mujeres Muertas.

La cara de matarife de mi padre.

¿Qué estás haciendo?, preguntó Wilson desde la cama.

Escribir sobre mi padre, mentí.

Verdad, felicidad y patria son ilusiones de algo posible. Ya nadie cree en eso, dijo Wilson.

Una vez pensé en escribir nuestra historia. Abandoné la idea porque cuando se empieza a escribir la sensación de naufragio invade todo lo que se escribe. Lo que falta de verdad son las palabras.

Desde mi mesa veía pasar a Aida camino de la playa. Su manera especial de venir a buscarme consistía en hacerse la distraida delante de la casa. Echaba un anzuelo a mi esperanza ensimismada.

Mi padre hubiera dicho: Lo vuestro es puro sexo.

Sí, dijo Wilson. Muy bueno. Escríbelo. No lo escribas.

A ver en qué quedamos, entonces.

Cuando Wilson bebía, alcohol era la palabra amarga que envolvía de sinsabores todo lo que tuviera por delante. Por mucho que dijera entonces: Tú y yo, bla, bla, bla, la cerveza era la única reina de la reunión solitaria.

Se acercó a mi mesa y me miró fijamente con sus ojos sin historia.

Lo que dijo fue demasiado solemne: Rat, mi vida empieza contigo cada día y no tengo nada que darte.

No te alarmes, dije. Nunca nos prometimos nada.

El alcohol puede ser arma mortal de los bebedores contra los sobrios. Tampoco pensaba en casarme. Ni lo sueñes, pensé.

Tú y tus preguntas imposibles, mi amor, dijo.

Y siguió de pie a mi lado pensando en las lagunas de su desmemoria. Trató de echarme de su vaso vacío. No sabía a quién hablar primero, si a mí que sentada a la mesa miraba el mar a través de la ventana o a sus fantasmas negros. Tanta indecisión me ponía nerviosa.

Pude matar y no maté, dijo.

Mientras tanto, yo apuntaba sus palabras como si fuesen mías.

Le miré a los ojos. Tenías que haberte ido, entonces. ¿Por qué ese empeño en querer retar a tu país como si fueras un pueblo?

Se incorporó y me cantó obscenidades al oído. De todo lo que dijo lo más sensato fue oírle decir que el hombre era una máquina programada para eyacular y todo lo demás es hipocresía, charlatanería, cuentos de viejas.

Sintió lástima de mi rostro abatido. Veía que esto era amor y era también encierro. Nuestra desnudez era opaca. No podíamos vernos.

Trató de tocar mi hombro. Acercarse otra vez a mi oído. Me aparté y lo dejé con los brazos extendidos en el centro del cuarto.

¿Qué quieres?, pregunté.

Con su mano levantada aún me dijo que no quería ser mi padre. Tampoco quiero que me odies. Mátame, si quieres. Mi vida corre más rápido que la tuya. No quiero que me ames. Tampoco que me recuerdes. Soy muy vanidoso.

Se tambalearon sus piernas y tuvo que buscar apoyo en mi mesa de trabajo. En la playa, los cerdos caminaban como si estuvieran perdidos. Estaba claro que necesitaban una valla donde encontrar límites a sus sueños. La libertad sin obstáculo exponía al espíritu a un precipicio desmedido.

Estás borracho, dije.

Negó con la cabeza tantas veces que lo creí más borracho de lo que estaba.

Se sentó al filo de la cama. No quería escucharme. Ni saber una verdad que tampoco tenía. Anduve unos pasos por el cuarto. La autocompasión de la que ahora hacía gala le daba cierto aire de pensador profundo.

Rió tan fuerte que estuvo a punto de ponerse a llorar.

Tenía la boca partida en dos por el alcohol. Las comisuras de los labios hundidas. Los ojos prietos.

Al volante de su coche mi madre cantaba siempre la misma canción revolucionaria:

Tengo un amor secreto en Bucaramanga
Una pasión de cielo
Una casa en la montaña

Mi madre levantaba las manos del volante y desafiaba al miedo.

El auto corre solo. Lo ves, hija. Lo estás viendo.

La carretera de la costa no esperaba a nadie y mi madre al volante era mi llave milagrosa.

Conducía el coche como si quisiera salir del país y el aire de la carretera se lo tuviera prohibido. Cantaba porque estaba triste. Cantaba contra el viento, con la ventana abierta y despeinado el cabello. Como cantaba la misma canción una y otra vez llegué a pensar que ese amor existía.

Nunca quería regresar a casa porque con mi madre al volante del coche mi padre perdía todo su poder. Con el pie sobre el acelerador y el aire en las mejillas mi madre se sentía libre. El coche era su único viaje.

Estás completamente loca, decía mi padre.

Después de escribir, la sensación de ausencia se hace menos dura. Cómo hacer una obra viva al servicio de la verdad. Mis escritos no dejaban de ser textos experimentales. Yo también trataba de ausentarme de mi vida para cederle el sitio a la escritura. Luchaba contra toda esperanza.

Wilson seguía en pie y con mis hojas en la mano como si acabase de recibir un regalo que no era suyo.

No es una carta, dije. Ni lo pienses. Tampoco es una novela. No es nada.

Hubiera hecho mejor en no dárselas. Aún podía romperlas y no lo hice. Soy más testaruda que osada. Aquellas palabras no eran la revelación de un mundo nuevo. Estaban desnudas y vacías como ramas deshojadas. La exuberancia no es mi fuerte. Ni un silencio a tiempo. Hablo cuando no toca. Soy demasiado nerviosa para escribir. Nerviosa para todo.

Me puse a morder las uñas como una colegiala.

Wilson leía despacio. A mi modo de ver, demasiado despacio.

De tanto mirar al suelo descubrí que entre las junturas de las tablas había nidos de hormigas tan grandes como alfileres. Siempre en movimiento. Nunca he sabido cuándo duermen. Las hormigas.

Cuando Wilson terminó de leer lo primero que dijo fue:

Escribes como si fueses una muerta que recuerda.

Era evidente que el papel de maestro le sentaba bien y a mí no me parecía mal ser su mejor alumna. Perdemos al aprender lo mismo que perdemos al morir. El amor por la literatura era el mejor aprendizaje.

Afuera, el mar recogía en sus redes de espuma los chillidos de las gaviotas hambrientas.

Préstame un lápiz, dijo Wilson.

Con las hojas sobre la mesa, volvió a leer y a llenar el papel de tachaduras.

Había estado practicando la búsqueda de las palabras durante todo el día. Los escritores son personas a quienes escribir les resulta más difícil que al resto de los mortales. De eso estoy segura.

Hablé sin mirarle.

La verdad es que tampoco me importa lo que he escrito, mentí.

Sonrió como si pensase que su amante escritora iba a ser diferente de las demás.

Este descubrimiento lo puso contento y con deseos de seguir hablando. Cuando me acostaba con él yo tenía más claro lo que quería decirle que ahora en mi condición de pequeña escritora.

Dijo que a medida que la literatura se hunde en un callejón sin salida los escritores se multiplican. Por esta razón escribir se había convertido en una tarea imposible.

Le pregunté si éste era entonces su problema.

No, dijo. Mi problema es otro. La política ha destrozado mi vida literaria. Por más que escriba nada nuevo acontece. Nada gano.

Tal vez esperas demasiado de la literatura, dije.

Cuando no podía escribir, me dedicaba a beberme la botella entera.

Hablas como si el alcohol fuera la otra cara de la moneda de la literatura. No te creo. No quiero creerte.

Siempre temía el momento en que fuera a abandonarle, pero lo cierto era que yo no tenía intención alguna de dejar un país que era mi casa.

Antes de hablar, tragué saliva varias veces. Por fin solté el globo de mi frente.

He visto lo que sucede en el Pozo de las Mujeres Muertas, dije.

Me sorprendió que no diera la menor muestra de

sentirse engañado. Cruzó los brazos y me miró de frente como si ya supiera de qué hablaba.

No querrás decirme que además me sigues los pasos y sabes todo lo que hago.

Rat, no bromeo, dijo sin mirarme. Es peligroso que te vean. Aquí hasta las sombras tienen ojos. Me han contado que están cargando coca y no son gente de fiar. Ten cuidado.

Temí que fuera a censurar a Aida por mi culpa.

No hables con ella sobre la fiesta de la coca, dije. Se lo tengo prometido. Por mí no te preocupes. Aida camina tan ligera que nadie puede tocarnos. Es un lince.

De acuerdo, dijo.

No le conté la historia de los árboles que caminan porque sería lo mismo que ponerse a llover sobre mojado. Tampoco me habló Wilson sobre la enfermedad de Alicia. Cada uno llevaba una historia oculta en su silencio. Algo con qué amarrar el vértigo del miedo.

Aida era nuestro periódico matutino. Ella desconocía aún que cientos de colombianos abandonaban su hogar bajo amenaza o por temor a la matanza. Sus noticias eran de otro tipo. Obedecían a lemas en desuso

Campesinos, unidos en la lucha, no nos moverán.

Hermana, ¿de dónde has sacado eso?, preguntó Wilson desde la terraza del porche.

Aida contestó que no pensaba mezclarse en esa vaina.

Esta vez se había acercado por decisión propia hasta la misma puerta de la casa. Wilson se hacía el distraído. Fingía no escucharnos pero sentí que sus oídos seguían atentos a nuestra conversación política.

Con su voz gruesa y gangosa Aida comentó que en esta ocasión los narcos se movían con prisa.

Adiviné que esta frase iba dirigida a Wilson con la intención de disimular las que vendrían después. Me las cantó al oído.

No temas por Wilson porque mi San Silvestre lo protege. Me lo tiene prometido. A cambio lo alimento con lo que más le gusta. Le llevo agua de coco, azúcar, aguardiente y, a veces, puñados de coca blanca pura.

Lo que me faltaba por oír, pensé.

Así que tu San Silvestre es un drogata.

Wilson, sentado en un rincón, leía mis palabras y sonreía por dentro.

A Aida le di un empujón tan fuerte que se quedó sentada en medio de la playa. La pillé desprevenida y al principio puso cara de asustada. Necesitaba una sonrisa para hablar y otra sonrisa para seguir callada.

El sol le daba en plena cara pero eso no parecía molestarla porque se negaba a buscar protección bajo la sombra del porche. Siempre andaba torcida como un árbol recién arrancado y con las raíces sueltas colgadas de las piernas. Nunca sabía dónde poner sus manos. Estaba claro que le sobraban.

Entré en casa y rebusqué en la ropa. Salí con un billete de mil pesos. No era mucho pero suficiente para contribuir a alimentar al santo de Aida.

Aceptó el billete sin reservas de ninguna clase. Fue tan rápida en tomarlo que me dejó con el brazo tendido y sin otra cosa que decirle. Lo dobló en cuatro y lo metió en algún escondrijo de su cuerpo.

Todo lo hacía a hurtadillas. Nunca la había visto comer, dormir y ni tan sólo bañarse en el arroyo. La camiseta que llevaba había perdido todo el color y resultaba imposible saber si en su tiempo había sido verde, azul o tal vez naranja. Antes de darme tiempo a decirle algo más, empezó a hurgar en los bolsillos de su falda y me pasó por la cara una manotada de coca pura.

Wilson seguía mirando de reojo. Ahora sí pensé que iba a reprenderla, pero guardó silencio.

Compré panela, papas, arroz y algún pedazo de cerdo y todavía me queda eso.

Traté de no sorprenderme demasiado. La verdad, dije, es que no conocía este método sofisticado de compra-venta.

Aida me explicó que en la tienda de comestibles había unas balanzas para pesar el gramo de coca. A tantos gramos, tanto azúcar. También en la cantina había quien pagaba con polvo blanco. Como no hay plata, acá la gente paga con polvo.

¿De qué hablas?, pensé. Jamás vi una tienda de comestibles en Bahía Negra.

Decidí seguirle la corriente. Por qué no me traes un poco de fruta fresca, Aida.

Me respondió como si tal cosa que ella se ocupaba de traérmelo ahora mismo.

Mientes, dije. En una ocasión traté de conseguir plátano fresco y no hubo modo de encontrarlo.

Parecíamos pescaderas peleando a voz en grito en la parada del mercado.

Aida fue más rápida que yo en salir airosa.

Se lo pediré al Santo, dijo. El Santo regañaba a mi padre porque éste abusaba de la bebida. ¿No es cierto, hermano?, le preguntó a Wilson.

Ni siquiera la miró.

Tus patrañas no me valen, dije. No creo en esas cosas. Te prefiero bruja a mentirosa.

Además, Aida era de las que veía la muerte como un castigo justo de la vida.

Aun así me aseguró que su San Silvestre veía todo lo que podía suceder tanto en Colombia como en España.

No pude evitar hacer una mueca de incredulidad y sorpresa. Aida volvió a confundir Madrid con Barcelona.

La reté a un duelo de abogadas. Me sería fácil demostrar que te equivocas, dije.

Insistió en que los santos airados no solamente enviaban las enfermedades sino todo género de calamidades y que para pedir permiso al Santo y a doña María Lucila Vázquez había que partir cuatro pedazos de coco y por la posición que éstos adoptaban al caer se conocía la respuesta.

Con Wilson a nuestro lado, Aida se atrevía a menos. Estuvimos un rato sin decirnos nada. De buena mañana ya me tentaba la idea de volver al Pozo de las Mujeres Muertas y estaba segura de que Aida tenía las mismas intenciones.

Hoy tengo ganas de caminar, dije.

Tu padre, dijo, amaba a una mujer que amaba a otro hombre. Por eso la mató.

A qué viene esto, Aida, protesté. Wilson y yo nos miramos de reojo. Así que la negra Aida escuchaba todas nuestras conversaciones secretas. Mis sentimientos estaban ahí y ella los iba pescando a espaldas nuestras. Vas a ver cuando te descubra espiándonos, pensé. En el fondo de la verdad, sentirme espiada también me era indiferente. De qué íbamos a hablar, si no. Wilson tenía sus ideas numeradas. Del uno al diez. Decía que él era la última línea de una página.

Por la tarde, el cielo estaba despejado pero Aida vino con la lengua fuera.

Qué ocurre ahora, pregunté.

Ven conmigo, dijo. Vamos a lavarnos el pelo.

Wilson dormía en el porche. Si llegó a oírnos se hizo el desentendido porque siguió aposentado en su siesta. Su sueño anónimo era un sueño de cerveza.

Aida me metió prisa. Salí a buscarla. Llevaba un cepillo de pelo en una mano y la botella de champú en la otra. El aire me atravesó la nariz. Respiré dos veces. Anduvimos descalzas a lo largo de la playa.

Tan pronto llegamos al arroyo empecé a desnudarme. Aida quería bañarse con la ropa puesta aunque yo presentí que sentía deseos de imitarme.

Decídete de una vez, grité con el agua tocándome las rodillas.

Siguió quieta mientras me observaba. Empezó a medir las zonas de mi cuerpo que el agua de la cascada dejaba impunes. El chorro me caía encima con su imparable ronquido. Con Wilson solíamos venir casi todas las mañanas a lavarnos, así que ya conocía de memoria las piedras del arroyo para saber cuáles eran fiables y cuáles no. Trataba de mantener el equilibrio mientras el agua de la cascada me golpeaba constantemente. En el juego de entrar y salir del chorro estuve entretenida un buen rato. Aida no se decidía a acompañarme. Harta de su inmovilidad la llamé capulla y cobardica.

Lávate de una vez. O vendrán los hombres.

Dije hombres como hubiera podido decir lobos o tigres de bengala. La soledad era absoluta. No podía pensar en ningún peligro en concreto. Quise asustarla porque el miedo formaba parte de ese juego. Debió creer en mis palabras porque entonces dijo que no pensaba bañarse.

Cuando salí del arroyo me estremecí de frío. No tenía nada con que secarme. Aireé mi ropa para sacudir los bichos que entre tanto hubieran podido anidar en ella y me vestí con la camisa mojada.

Fuimos a sentarnos sobre una roca algo alejada del temblor de la cascada.

Aida me dijo entonces que todos los hombres que había conocido necesitaban el odio para sentirse vivos. El padre Cisneros le había contado que los hombres triunfan porque se sienten inmortales.

Le respondí que también algunas mujeres pensaban como hombres y que la maldad formaba parte de esta inmortalidad en la que vivían disfrazadas muchas personas.

Nosotros necesitamos lo mismo que las demás personas, dijo. Entre ciudad y monte no hay distinción que valga. La única diferencia es que aquí los sufrimientos quedan más lejos.

Mientras hablaba conmigo, sus ojos me decían: No te muevas. Todavía no.

¿Con quién hablas cuando no hablas?, pregunté.

Dijo que hablar no consistía solamente en poner sonido a las palabras. Yo no sirvo para estar callada. En el silencio absoluto, la cabeza no se mueve. Mi padre decía que mi cabeza estaba alborotada de palabras. No sé si sabrás a qué me refiero. Llorar no tiene importancia. Es como tener que chuparse el dedo sin ganas.

Nos echamos a reír. Yo mojada. Ella seca. El cepillo flotando en el agua del arroyo como pez de luto.

Entonces le pedí que volviera a llevarme al Pozo de las Mujeres Muertas.

Me dijo que ya había estado allí esta misma mañana.

¿Qué fue lo que viste?

Se le encendieron las mejillas. Quiso quitar misterio a la historia.

Lo de todos los días, dijo. Raspachines corriendo en su tarea para conseguir ser los primeros recolectores de coca del condado. Nada en especial. Como en todas las fiestas del trabajo los más jóvenes suelen ser los ganadores y también los que se llevan a las muchachas más bellas. Cuando me fui, las viejas seguían rezando a San Pedro para que cayera uno de esos aguaceros hermosos con los que apurar el trabajo, pues entonces la hoja se ablanda y se arranca más fácilmente.

Saber que aquellas personas organizaban un pueblo clandestino por su cuenta me mantenía inquieta. Le propuse ir a la mañana siguiente. Me dijo que era el último día de la fiesta y el mejor momento para verla. Todos aguardaban a que el patrón regresara con el cargamento de plata.

De acuerdo, entonces.

Sellamos un pacto con los dedos.

Wilson vino a buscarme al arroyo. Era hora de ponerse a caminar hacia Bahía Negra. Cuando me di la vuelta para despedir a Aida, ya no pude verla. Wilson dijo: Es inútil que la busques. Va a su aire. Ya aparecerá cuando menos lo esperes.

Para no ensuciar las botas y aligerar el camino andábamos sobre los troncos del suelo. Saltábamos de uno a otro ayudados por un palo. En el pueblo, el vacío y la quietud eran los usuales de cada noche con la diferencia de que hoy tanto silencio había dejado de sorprenderme porque ya conocía dónde estaban sus extrañados habitantes. Si algo quedaba vivo en aquel oscuro agujero era la cantina, pero el cantinero no podía multiplicarse en otros y casi siempre estaba solo.

Me pregunté sobre el número de plantaciones de coca que cada noche estaban en activo. Pensé que el prometido sancocho en casa de tía Irma debía tener alguna relación con la fiesta del trabajo. Wilson se colocó delante para evitar preguntas. Ahora que ya no le preguntaba casi nada.

A Jorge Andrés Jaramillo, que nos estaba esperando en la entrada de su casa, Wilson empezó a decirle que estaba muerto de hambre. Tía Irma salió a recibirnos con el pelo inundado de agua de colonia. No la besé porque ésta es una costumbre muy propia de los blancos. Nos tocamos los brazos como hermanas. El tibio aroma del sancocho que llegaba de la cocina y atravesaba incauto el largo corredor no tardó en meterse en mis narices. Yo también tenía hambre.

Las botas de caucho que llevaba puestas me las prestó tía Irma el mismo día de mi llegada a condición de que no me las quitara de encima. No podía pensar en ellas todo el tiempo. Preferí las frases hechas. Todos teníamos hambre.

Por primera vez vi a tía Irma sentarse a la mesa con nosotros. Callé y tampoco dije nada. Mi silencio quería ser una garantía de progreso. La bombilla que colgaba sobre la mesa del comedor daba una luz tibia que asustaba. La camisa de Wilson en lugar de ser verde era morada. Cubría la mesa un mantel blanco que también se veía oscuro, casi negro.

Tía Irma destapó la olla. Un caldero de lava volcánica crepitaba en el centro de la mesa. Las burbujas no desfallecían nunca. Los hombres empezaron a sudar nada más pensar en la comida que se les venía encima. El humo abría las heridas viejas y cohibidas. Sentí calor en el cuerpo y la cabeza fría. Busqué algo con que abanicarme.

Wilson me aconsejó que comiera despacio. No vayan a quemarse, dijo tía Irma. El hambre habló más fuerte que su voz envejecida y anticuada y la sopa que tenía en el plato convencía más que sus palabras. Sonaban las cucharas al chocar contra la porcelana de los platos. Todos repetimos. El hervor seguía imperturbable en la sopera y tía Irma movía el cucharón con intención expresa de volver a llenar nuestros platos. Servía la sopa levantando la cabeza como gallina clueca.

Las miradas de los hombres se volvieron somnolientas. Las contadas palabras que conseguían escapar de nuestras bocas saciadas salían torcidas. No recuerdo haber hablado una sola vez. Sentí un fuego invisible que me quemaba el estómago. Olvidé la cuchara en el plato y derramé un poco de caldo sobre el mantel. Recuerdo que avisé de que iba a marearme. Los extranjeros siempre tenemos que hablar dos veces. La segunda vez dije: Creo que voy a marearme. Apenas tuve tiempo de levantarme de la silla. Me desplomé en el suelo.

Wilson y tía Irma me levantaron las piernas y me echaban aire con la tapa de la olla. Cuando volví en mí tuve que prometerles que ya me sentía bien. Desvanecimientos como éstos suelen ocurrir cuando el cuerpo habituado a pocas calorías se alimenta en exceso y de una sola vez, dijo Wilson. Jorge Andrés Jaramillo pensaba en otra cosa. Ha sido el calor, dijo tía Irma. Pero su cabeza agitaba un montón de pensamientos contrarios.

De nada servía hablar. Tampoco nos dio tiempo porque nada más levantarme del suelo oímos pisadas de soldado acercándose a lo largo del pasillo. Dos hombres vestidos con uniforme de camuflaje entraron gorra en mano y el rostro descubierto. Concentré mi atención en el primero de ellos porque el otro quedó escondido detrás del que llevaba la voz cantante. Tía Irma no ocultó que estaba ofendida de este asalto. Cruzó los brazos sobre el pecho. Qué se les ofrece, dijo Wilson sin reparar en ellos.

Preguntaron por el doctor Jaramillo. El hombre que llevaba la voz cantante confundió a Wilson con su tío. Su bigote amarilleaba a tabaco y su falta de aseo era evidente. El olor a sancocho se adivinaba en sus ojos.

Deduje que eran guerrilleros por la barba larga y rizada del primero y las gafas de lechuza del segundo. Los fusiles los llevaban colgados del hombro y no dejaban de apuntarnos con el razonamiento de que no siendo enemigos tampoco eran amigos.

El del bigote amarillo dijo: Venimos a buscarlo, doctor.

Enseguida nos dimos cuenta de que este hombre era nuevo en Bahía Negra porque seguía confundiendo a Wilson con su tío.

Si buscan a Jaramillo, éste soy yo, dijo Jorge Andrés Jaramillo.

Al oírle confesar su identidad, los hombres respiraron. Aparte de nosotros, nadie más podía llamarse Jaramillo.

Sin molestarse en mirar a los guerrilleros, Jorge Andrés Jaramillo añadió: Les advierto que no caminaré muchos pasos con ustedes si no me dan una razón de peso para acompañarlos.

A tía Irma le dijo: Me voy a la plantación.

Yo le acompaño, dijo Wilson.

Y yo, dije, poniéndome las botas.

Ya estaban saliendo por la puerta cuando Wilson me tiró del brazo y me dijo: Mejor espérame en la casa. Regresaré muy pronto.

A qué viene este cambio de planes, dije plantada en medio del pasillo.

Wilson salió sin mirarme. Podía ponerme a correr a su lado. Pero no lo hice. Pude rebelarme y no lo hice. Tía Irma se quitó el delantal y dijo que ésta no era la primera vez que hombres armados como estos que acababa de ver se presentaban en casa por las buenas. Si estaba enfadada tampoco quería demostrarlo porque se sentía agradecida a Wilson por haber acompañado a su esposo.

No quedaba más remedio que consolarnos mutuamente. Pero no se me da bien el comadreo cuando algo primordial bulle afuera y no abandona su alarma. Tuve que moverme.

Esos hombres no parecen venir con mala idea, dije.

No se fíe de la falsa afabilidad, dijo tía Irma. En este negocio nadie tiene amigos.

Al fin, logré convencerla de que yo dormiría mejor en la casa de la playa.

Bébase su manzanilla, dijo tía Irma. Le temblaba la mano que sostenía la taza.

Bueno, dije. Y la bebí de un sorbo.

Pasé por delante de la cantina. El proletariado de hombres se había esfumado por completo. Tampoco me entretuve en buscarlos. Mi cabeza eran mis piernas. Para no perderme, mantenía la vista fija y preocupada en encontrar en el camino señales conocidas. Ponía pruebas a mis pasos con la esperanza de evitar problemas. Si las señales eran las de siempre, entonces estaba salvada.

Había recorrido ya una buena parte del camino cuando descubrí que Zacarías, un negro de cintura voluminosa y trasero imponente, venía en dirección contraria a la mía. Éstas no eran horas para que Zacarías, que siempre estaba sentado en el escalón de su casa calentando el sueño, anduviese dando tumbos por el monte. Caminaba lo más deprisa que le permitían sus piernas simiescas. Sus brazos le seguían a ambos costados del cuerpo como aspas de molino inútiles para las cuitas de guerra. No permití que su miedo robara un segundo de mi tiempo. Cuando alcancé a escuchar su mal aviso tampoco aminoré la marcha. El gordo Zacarías pasó a mi lado como un suspiro. Los hermanos Vázquez han muerto, dijo la noticia secreta. ¿Cómo podían cada uno en un bando contrario caer al mismo tiempo? Argentina, pensé. Soy italiana o argentina. No digas española. Depende de con quien, puede resultar peligroso. Apréndelo de memoria antes de que lo olvides. Mis piernas no dejaban de repetírmelo.

La tierra removida por mis pasos tampoco paraba quieta. Cuando ya estaba llegando a casa me pareció ver unos bultos moviéndose al otro lado de la playa. Daba un paso hacia adelante. Paraba. Daba otro. Volvía a detenerme. Eché mi cuerpo a la suerte. Caí en buena cara porque nadie me dio el alto. Aquellas sombras tanto podían ser personas reales como sombras inventadas. El miedo no conoce límites. Ve donde la vista ya no puede más y calla. Empujé la puerta de la casa. Estaba abierta. No encendí la lámpara. Maldije el mar porque era un teatro sin público con el que se pudiera poner fin al espectáculo.

Estaba sola. Llamé a Wilson varias veces. Más por necesidad de oírme que por tratar de convencerme de que no estaba. Dije Wilson para avisar a las sombras de que si ellas seguían mudas yo tampoco me sabía tan sola como para permanecer callada. Esta vez no hice nada para espantar a los murciélagos. En cada aterrizaje sus alas me lanzaban un recado de otro mundo. No estaba sola. Acostada en mi cama y con la ropa puesta sentí el crujido del pan de la mañana, el café caliente, el tufo agridulce del metro, el rostro del vendedor de periódicos a la salida del metro. Mi ciudad era de color azul pero tan alejada de este ámbito que sólo alcancé a recordarla como una fotografía.

Los ruidos sospechosos los inventó mi desidia. Ahora sí que habrá llegado Wilson. Abrí la puerta varias veces. Tantas veces como ésta volvía a cerrarse sola. No vino nadie. Caían las estrellas. Cuando ya no pude soportarlo más, decidí salir en busca de Aida. La proximidad del alba me dio ánimos para acercarme a su casa.

Crucé la playa en un salto. Llamé a su puerta varias veces. No respondió. De tanto repetir su nombre temí despertar sombras enemigas. Volví a intentarlo de nuevo. Tan desesperada estaba que empecé a hablar conmigo misma. Las olas me apartaron con sus ecos. La puerta de la casa seguía cerrada y, sin embargo, allí estaba

Aida, como nacida de un sueño, junto a la esquina del porche. Me miraba con fijeza. En lugar de alegrarme quise reprocharle que estuviese durmiendo a la intemperie como los animales.

Aida dijo que apenas dormía. Que su tarea principal era la de vigilarme. Cuando yo me movía, aunque solo fuera un dedo del pie, ella estaba detrás para controlar mis pasos. Levantó el brazo hacia el lado de Bahía Negra. Sí, también cuando emprendí mi carrera desaforada por el monte y me crucé con el gordo Zacarías, ella estaba conmigo.

No quería creerla porque me sentía desgraciada en mi aislamiento. Me quejé de que Wilson me hubiera atado con una correa de perro a la puerta de la casa.

No quiero seguir aquí, dije. Llévame con Wilson.

Sus manos libres, sin el cesto de desperdicios en el brazo, estaban dispuestas a obedecerme.

Vamos, dijo.

Mi camisa estaba rota. Me iba pareciendo a Aida cada vez más. Se ponía mis pantalones y vestidos. Procuré no acercarme demasiado a ella no fuera a confundir mi mente. Mis ideas necesitaban vida propia.

Aida caminaba despacio mientras que yo lo hacía deprisa. Metidas de lleno en la selva, la tierra rompió su muda sequedad y empezó a deslizarse bajo nuestros pies como si quisiera decirnos algo.

¿No oyes?, dijo Aida.

No, respondí. Pensé que ahora no tenía tiempo ni ganas para atender sus delirios mágicos y especulaciones milagrosas. Mi cuerpo sólo obedecía a la necesidad de encontrarme cuanto antes con Wilson. Rodaban por mi cabeza los pensamientos más temidos. También sabía que este modo tenebroso de pensar era un modo de protegerme. El espeso follaje nos lastimaba el rostro y los brazos.

La noche cambiaba de color. Amanecía. Ahora podíamos vernos sin necesidad de buscarnos con la voz o con las manos. Ya faltaba poco para llegar al Pozo de las Mujeres Muertas. Allí esperaba ver cuanto antes a Jaramillo y a Wilson ayudando a ultimar las cuentas del cultivo.

Tenlo por seguro, dijo Aida. A estas horas el cargamento debe estar listo.

Los altavoces colgados de los árboles tenían a estas horas un volumen más soportable al oído. Despertaban las aves dispuestas a iniciar con sus hipos un duelo salvaje con los aullidos musicales. Las luces de las lámparas empezaban a apagarse. También la coca estaba cansada. La fatiga se veía en todas partes. Especialmente, en el rostro de las mujeres del patrón. Tenían cavidades oscuras en el lugar de los ojos. La luz del despertar del día hacía un flaco favor a las reinas de la noche. A estas horas del amanecer, las bonitas muchachas de la capital parecían más hombres que mujeres. Ahora, además de dedicarse a cuidar las unas de las otras, sentían frío y abrigaban sus hombros y piernas desnudas. Había algunas que, a guisa de trofeo, llevaban encima las camisetas de los hombres que las habían amado. Otras paseaban con calcetines de montaña. Vi a una que tenía puestas sus zapatillas de dormir. Alicia no estaba con ellas.

Los montones de hoja de coca de la noche anterior se habían transformado, gracias a la bailadera nocturna, en una base salada de coca lista para ser licuada de inmediato en el laboratorio cercano. Los hombres, ajenos por completo al encanto femenino, trabajaban a una velocidad pasmosa. Iban y volvían del improvisado laboratorio. Cargaban sacos. Miraban hacia arriba. Escupían hacia abajo.

Permanecimos ocultas entre los matorrales en un lugar que me pareció igual de elevado al de la noche anterior. Cuanto más me obstinaba por encontrar a Wilson más difícil resultaba verlo. De pronto, entre el montón de cabezas deformes, descubrí al tipo del bigote amarillo y la piel mugrienta. Le dije a Aida que Wilson se había ido con aquel guerrillero.

Es el jefe de finanzas, dijo Aida. Lo llaman Carlos.

Teníamos que permanecer inmóviles. Sobre todo, hablar bajo.

El tipo llamado Carlos apoyó su fusil en el canto de una silla, se sentó en ella y abrió una carpeta que llevaba bajo el brazo.

Hombres y mujeres miraban al cielo con insistencia. Era cierto que empezaba a clarear y que la llegada del nuevo día era a la vez una satisfacción y un peligro.

Fue Aida quien la vio primero. Mira. Por ahí va Alicia, dijo con los ojos.

No puede vernos porque anda borracha como siempre a esas horas de la mañana después de la noche en vela rumbeando coca. Se detiene un instante frente al jefe de finanzas. Mueve reiteradamente la cabeza mientras le dice unas palabras pero éste no la escucha. Está atareado en otra cosa. Alicia avanza en dirección a donde estamos nosotras. No parece que nos haya visto. No puede vernos porque tiene su alma transfigurada por la desgracia. Un tipo de camisa colorada silba cuando ella balanceándose como alma en pena pasa por su lado. Nadie muestra la menor intención por recoger las migajas de su cuerpo. Camina como muerta. Se ha quedado sola en medio de la pista desierta. Se llevaron la base de coca hacia otro lado y ya va siendo hora de retirar el plástico enorme que ha servido de pista de baile y cocalera. Como Alicia es la dueña de la fiesta todos los coqueros que pisan su cultivo le merecen un respeto. No habla porque ya no existe. Sabe que su enfermedad apartaría a los hombres del negocio. Algunas de las muchachas que han llegado en la avioneta del patrón también están infectadas con el virus. Incluida la más hermosa.

Aida me avisó levantando sus párpados todavía más.

La estoy viendo, dije.

No se refería a Alicia, sino a una chica vestida de amarillo con diadema de esmeraldas en el pelo. Es otra de las universitarias que ponen su vida al servicio de la mafia. Dejan la vida en esta vaina.

Me contó que entre las prostitutas había distinción de clases. Las más hermosas eran para los chamberos porque a ellos les gusta rodearse de jóvenes estudiantes con las que ocultar su nuevo acceso al narcotráfico. Lo que no se ve no existe para nadie. A las analfabetas las dejan para los raspachines. Las blancas de cabello rubio se pagan mejor.

Vi mujeres durmiendo apiñadas en un extremo de la pista, acurrucadas como sacos rotos y vencidos. Vi niños recostados en los maceteros de los árboles andantes. Algunos hombres se hacían los dormidos porque seguían fumando con los ojos cerrados. Vi a una pareja con ánimo todavía de seguir frotándose el cuerpo uno contra el otro.

Éstos tienen suerte, dijo Aida. No se odian.

Los altavoces dejaban ir una canción muy conocida que nadie cantaba.

Por lo que parece todo el mundo vive de la coca: Alicia, dije, Jorge Andrés Jaramillo, el narco, las mujeres, el patrón, el guerrillero, el colono, los cholos, la negra Aida.

En este lugar todo el mundo es pobre, dijo Aida. Todos salvo aquellos que no están nunca en la moridera. Ya nadie quiere saber de la quina, la madera, el caucho, la tagua, la zarzaparrilla, la piel de las culebras. Ya ninguno compra eso. Todos apuestan por la coca. Algo bueno no va a traernos, pero lo otro es peor.

El guerrillero Carlos tenía la historia de la fiesta resumida en una hoja de papel. Apuntaba números. Formas breves.

Aida fue la primera en descubrir a Wilson. Levanté la cabeza para verlo. No me gustaron sus ojos. Se torcía la boca con los dedos de la mano. Muy cerca de él, Jorge Andrés Jaramillo movía los brazos mientras discutía con el hombre de camisa blanca y cadenas brillantes en el cuello.

Aida se agachó un poco más. A mí ya no me importaba que me viesen. Mejor si me ven. Ansiaba ser descubierta para poder bajar al Pozo y acercarme a Wilson cuanto antes. Aida escupió un trozo de rama que tenía entre los dientes y me ordenó que estuviera quieta o terminaría por estropearlo todo.

A Wilson no lo vi beber. Paseaba como un vigilante

sin gorra. Cada hombre trajinaba con sus ecos vencidos y nadie perdía un segundo en mirar a su alrededor. Los oídos de los negros trabajaban a mayor velocidad que sus ojos. Quería escapar y deseaba quedarme. Había muchas cosas delante de mí que ya no me resultaban extrañas.

Le dije a Aida: Acércate a Wilson y dile que estoy aquí. Hazme el favor.

Estaba decidida a hacerme caso y a deslizarse con cuidado hacia El Pozo cuando en aquel momento el ruido de un avión sobrevoló nuestras cabezas. Las caras de los hombres se elevaron. No sé por qué me estremecí. Sentí frío. Pensé que si algo ocurría quería recordarlo en este orden: el amanecer del bosque dormido, los destellos del pájaro de hierro, la libertad de Wilson, las elegías de Aida.

A medida que el avión se acercaba, los árboles andantes, obedeciendo a una señal confusa, empezaron a caminar todos a la vez en una sola hilera. Rieles fuertes como brazos de gigante tiraban de los maceteros al tiempo que los árboles descorrían sus copas para dejar el cielo libre, abruptamente iluminado de un azul intenso. Una hilera de árboles se desplazaba hacia la derecha mientras que la otra lo hacía hacia el lado izquierdo. Daba la impresión de que la selva abría sus fauces para congraciarse con el cielo. Con el ruido ronco del avión algunos niños se despertaron. Pero mantuvieron cerradas sus bocas. Nada podía asombrarlos ahora después de una noche de infierno y cocalera.

Aida dijo: Es el patrón que regresa.

La avioneta se disponía a aterrizar en el interior de aquel espacio recién abierto por los árboles. Los narcos habían aprendido a camuflar sus pistas clandestinas para evitar que la policía pudiera destruirlas. Y lo hacían siguiendo un método perfecto.

Con el alboroto del avión perdí de vista a Wilson unos minutos. Mientras la avioneta iba avanzando con suma lentitud por la pista improvisada de aterrizaje al mismo ritmo que ésta pero en sentido opuesto, las hileras de árboles se ponían de nuevo a caminar y a clausurar a paso lento pero seguro el cielo que habían abierto previamente. En pocos minutos, la selva recuperó de nuevo su espesura, se doblaban las ramas y la luz del sol quedó tamizada por el espeso follaje.

Repasemos. Ahora es cuando el patrón desciende de la aeronave. Es la primera vez que veo a ese hombre. No me gusta su aspecto. Ha pasado demasiado tiempo mirando a las mujeres, las investiga de lejos. Por lo general, suele venir otro tipo que acompaña al patrón. A aquel enano que ahora se quita el sudor con el pañuelo, a ése sí le conozco. El patrón debe vigilar dónde pone los pies porque si te fijas bien verás que camina con la cabeza delante de las piernas. Del cinto le cuelga una pistola enfundada en negro y si mientras camina lo ves escupir a uno y a otro lado es para dejar claro que este suelo que pisan es territorio de ellos.

Todos los patrones son iguales a éste. Al poco de llegar se ponen a soltar palabrotas para asustar al pobre campesino. Si no amedrentan no se sienten vivos. Ni cuando están muertos callan para siempre. Han pasado demasiado tiempo adiestrándose a hablar sólo con la punta del fierro. Dicen que de cada bala dirigida a un patrón nacen cien sicarios dispuestos a vengar su muerte. La plata la trae el patrón dentro de ese saco que lleva cargado al hombro. Suelen ponerse una camisa blanca muy limpia y planchada para darse importancia. El color blanco impone fuerza a los negros. El patrón tiene por norma ser el que grita primero y el último y trata al campesino como si fuese un mal fiador o hubiera trabajado mal su jornada en la cocalera. Al acabar, pagan. Y cuando terminan de pagar, disparan y asesinan si se tercia. Nosotros hemos tenido suerte esta vez.

No sé si podré soportar demasiado todo esto, dije.

Insistí en que tal vez debería ir a buscar a Wilson.

Aida movió las tijeras de sus dedos. Me sujetó el tobillo. Ahora es el peor momento para movernos. Todos aguardan al patrón porque llega con la plata para pagar a los trabajadores. Nadie debe ver este negocio. A cualquier testigo que aparezca se lo da por muerto. Hasta la paga se presenta como un premio. No es una paga corriente.

Me da mala espina lo que cuentas, dije.

Aida dijo que para proteger al trabajador está el doctor Jaramillo junto con los representantes de la guerrilla. Se defienden unos a otros aunque no se quieran.

Vi a un guerrillero escribir en el cuaderno. Los trabajadores se habían colocado en grupos. Lejos del patrón, al que tenían miedo. No quedaba más remedio que estar allí porque se necesitaban mutuamente. Cubrieron con una manta la mesa de la cantina y ahora era la mesa de despacho.

A la mesa se ha sentado el patrón en una silla que acaba de acercarle Alicia. Ahora trata de ser la secretaria de oficina. Su comportamiento es ridículo porque cruza y descruza las piernas con insistencia. El patrón mantiene erguida la cabeza para no tener que poner sus ojos sobre esa mujer que le recuerda el mal negocio que algunos hombres hacen con sus vidas. Está pensando que prefiere tener que enfrentarse a un batallón del Ejército antes que ponerse a parlamentar con una mujer infectada. Tanta solicitud por parte de Alicia lo está poniendo de peor humor. Ha gritado en tres ocasiones seguidas. Los altavoces han enmudecido y el vozarrón puede oírse a una distancia de cien metros. Esto no es bueno para el negocio. Los trabajadores se inquietan. Por suerte ahí está Jorge Andrés Jaramillo, que ha acudido al llamado para ser el hombre bueno del trato. Que su hija es una prostituta ya se sabe y que su plantación anda perdida desde hace tiempo en las manos del diablo nadie lo pone en duda. Pero las penas de Jaramillo son más breves que inconfesables. El hambre lo mantiene en silencio. A cada tanto el patrón se abofetea el rostro porque las moscas ya vieron dónde atacar y cuándo. Me fijo en sus pulseras que brillan con el sol cada vez que pega un manotazo. No me gusta su cara. Te lo dije, Aida. Pero ahora lo repito.

El jefe de finanzas se coloca junto al patrón porque es el único supervisor del negocio. Lleva las cuentas en su cuaderno y es el responsable de que no se pierda un solo peso. Es posible que se equivoque adrede. Nadie se atreverá a comprobarlo. Los errores a favor de la guerrilla ya los tiene contabilizados el patrón de antemano. Deja el cuaderno sobre la mesa. Los guerrilleros no acostumbran a sentarse para estar preparados a disparar y defenderse.

Creía que los guerrilleros eran también los más perjudicados pero Aida me aseguró que no, que hasta donde ella sabía eran los pobres campesinos. Por cada cien campesinos muere un guerrillero.

No se puede sobrevivir a eso, dije. Qué hacen estos dos hombres blancos que no parecen campesinos ni trabajadores, pregunté.

Son colonos. Propietarios de otra plantación que aprovechan la visita del patrón para venderle su cosecha, dijo.

Wilson se acerca a la balanza de hierro que alguien ha colocado sobre la mesa, junto al cargamento de plata. Hace una prueba. Vigila que los granos de polvo se ajusten al precio pactado. Levanta el pulgar hacia arriba para dar el visto bueno. Ahora la cola de trabajadores empieza a moverse. Habrá un total de sesenta personas haciendo fila. Uno de ellos ha doblado las piernas para buscar algo que ha perdido en el suelo. También las mujeres que llegaron en la avioneta del jefe se preparan para subir a ella y regresar cuanto antes a sus casas. Siempre suele haber alguna dispuesta a jurar por todos los santos del cielo que ésta ha sido la última vez que viene, que no vuelve, que a partir de ahora se retira para siempre del puterío. Cada fin de semana hay una arrepentida. Esta vez es la muchacha de los vaqueros rojos. Pero a la semana siguiente, me asegura Aida, la arrepentida vuelve porque está enganchada o le falta plata.

Alicia va hacia ellas a tumbarles más el ánimo. Tienen las piernas llenas de barro. Dependen del patrón. Sólo él puede decir cuándo es la partida de la aeronave rumbo a Medellín. Una de las muchachas, la que llaman la Turca, mira una y otra vez su reloj de pulsera. Es un reloj de hombre. Lo más seguro es que lo consiguió anoche. Por eso no para de mirarlo. La Turca está contenta. Echa unas risotadas que dan lástima.

Esta mañana tiene cara de lunes, dijo Aida.

Yo digo que es domingo.

Aida me pidió a cambio mi chaqueta negra si yo estaba equivocada.

De acuerdo, dije.

Pese al breve descanso de palabras, seguíamos pendientes de todo lo que sucedía en la cocalera. Los indígenas no se mezclaban con los colonos ni tampoco con los campesinos de Bahía Negra. Tienen la mirada perdida. Yo digo que es la coca. Aida lo niega. No tienen prisa en cobrar la paga porque ya perdieron lo poco que tenían.

Pensé que el nombre de Endevengina no figuraba en ningún santoral. A Wilson tampoco le quitaba los ojos de encima. Me convencí de que a fuerza de mirarlo fijamente también él conseguiría verme. Tenía pensado hacerle una señal rápida con la mano.

Aida dijo: Ya te vio pero no va a correr el peligro de saludarte. También dijo que los guerrilleros nunca mueren. Cuando uno cae, otro guerrillero viene a ocupar su lugar y la guerra prosigue.

Colaborar no es matar, dije. Wilson no es un asesino. Este negocio no es el suyo. Permanece al margen. No hay más que verlo.

Por supuesto que sí, dijo Aida. Buscaba palabras. Encontró una frase: Si decidió venir fue para algo. Tampoco él puede quedarse con los brazos cruzados.

Las dos sabíamos que nada se arregla fumigando los cultivos. El campesino tiene que plantar para seguir viviendo. La coca es el poco pan que tenemos.

Nos matan por pobres. Ésa es la vaina. Cuanto más muertos, más coca viene.

La boca de Aida era demasiado grande. De pronto sentí frío. Tenía sed. No encontraba el momento de poner fin a todo esto. Veía cómo Wilson vigilaba las cuentas del guerrillero y cómo el guerrillero vigilaba las cuentas del patrón. Con el cuerpo encogido mis ojos no veían. Tenía las rodillas destrozadas. Aida y yo parecíamos dos enemigas peleando por la misma causa. Ella quería avanzar hacia ninguna parte. Yo deseaba regresar a la primera frase del día de llegada. Ocultas bajo las grandes hojas que nos servían de visera no éramos nada. Me vi hundida en el lodo y con un único ojo distraído en el pasado.

No sé esperar, dije. Ya no puedo soportarlo.

Aida parecía no tener prisa alguna.

El dinero seguía encima de la mesa y a la vista de todos. Nadie se atrevía a tocarlo pero tampoco paraban de pensar en lo que había dentro. El saco del patrón era el triunfo de la fiesta.

Todo lo arreglan rumbeando, dije.

Fíjate en los cholos. Los indios son los únicos que saben permanecer a solas con su miedo. Sólo ellos eran capaces de reír.

Claro, dijo Aida, porque en el fondo son los amos de la cocalera. Sin ellos, la fiesta de la coca no sería la misma. El patrón los necesita porque solamente ellos saben trabajar la coca de la manera que gusta a los blancos. Mantienen sus propios laboratorios cerca del río. Cada cierto tiempo los cambian de lugar para evitar que los descubran. El trabajo fino es a costa de ellos. Las tareas duras las tiene el campesino.

Los negros eran los más desconfiados. Cargaban los sacos en la avioneta, subían a los árboles a descolgar las antorchas y miraban con malos ojos a los guerrilleros blancos.

Wilson dio la mano al jefe de finanzas. Me resultó extraña esta cordialidad recién descubierta. Ahora ya no tenían ningún secreto.

¿Por qué se levanta Wilson?

Cuando hay saludo es que ha habido buen trato. El presente ya es pasado. Tampoco necesitan hablar más. Todos piensan en dormir pero nadie se atreve a ser el primero en decirlo.

Los niños estaban ofendidos porque no se les prestaba atención. Distraían sus ojos con cualquier cosa. Tampoco los campesinos se sentían contentos de que mañana fuese otro día muy parecido a éste. Las mujeres intercambiaban bostezos. La guerrilla ha cobrado ya su porcentaje de las ventas. Los hombres han subido al avión gran parte del cargamento. Apenas quedan dos sacos por llevar. Sólo piensan en tener su paga en el bolsillo y regresar a sus casas. Wilson hace rato que te ha visto. Está mirándote de reojo. Puedo darme cuenta. Ha estado haciéndose el distraído para no implicarte en este asunto, pero ahora te manda una señal. Dice que quiere volver contigo a la casa de la playa. Hazme caso. Sé lo que digo. Puedo leer en los ojos de los negros. Está enfurecido conmigo porque te traje a la cocalera del Pozo. También él se ha equivocado más de una vez. Ahora se encuentra mejor. Se siente contento de tenerte cerca.

Y qué más dice, pregunté. Me moría de impaciencia por estar a su lado.

Aida cortó por la mitad mi deseo. Ni siquiera yo soy capaz de leer todos sus pensamientos. A oscuras veo menos.

9

Te creo. Te creo, dije. Yo no miro.

Una no es de piedra. Uno no es nada. Fue lo último que escuché decir a Aida antes de que se pusiera a gritar como una desesperada.

Qué carajo están haciendo estos guerrilleros que acaban de salir de la plantación del indio Chará.

Intenté levantarme pero el grupo de soldados con sombrero me detuvo.

Carajo, gritó otra vez. Por allá estoy viendo a la asesina de mi padre.

Tienes la garganta repleta de venganzas. Cállate o van a oírnos.

Cerró la boca un momento. Yo la prefería habladora antes que asustada.

No me mires así, dije.

Es ella, Rat. Mírela bien. Aquella muchacha morena con sombrero de alas levantadas y ojos de china pendeja. La misma hembra que está viendo mató a mi padre con su fierro. Una no puede perdonárselo. Aguarda y vas a ver. La selva siempre triunfa. Si todavía no lo sabes, pronto lo sabrás.

Por qué me hablas de ese modo. Yo no tengo nada que ver en este asunto.

Me molestaba que incluso en los momentos más enérgicos la voz de Aida saliera tan despacio. Sus frases parecían cortadas por un cortejo fúnebre.

Los nuevos guerrilleros, después de cruzar algunas palabras con el jefe de finanzas, se aproximaron a donde estaba Wilson.

El más joven lleva un ordenador portátil. Se ha sentado junto al jefe de finanzas y se pone a trabajar a su lado. La guerrillera le dice a Wilson: ¿Qué hubo, camarada?

¿Es eso lo que dice? ¿Lees en sus labios, tal vez? ¿Cómo puedes saber lo que no oyes? Aida no inventes y piensa tus palabras.

Supongamos, entonces, que sólo son antiguos compañeros de las FARC y que tanto Wilson como ella andan comprometidos con la misma idea de erradicar la coca de este valle de almas muertas. Si fuera así, dime, por qué mataron a mi padre.

No sé qué responderle. Nunca había visto a Aida tan furiosa. Las mujeres del patrón se mostraron inquietas ante los recién llegados. El patrón tampoco estaba contento. Tenía unos dientes larguísimos que le salían por encima de los labios.

Cosas peores han pasado, pensé.

Supongamos que Wilson y la guerrillera han sido amantes, dijo.

Salté de un golpe. A mi lado las hojas se agitaban.

La que me faltaba por oír, Aida. Tú también estás medio loca. Hablas de lo que no sabes. No creo en estas estupideces. Así que lanza tu rabia hacia otro lado. Yo me voy.

La guerrillera se acerca a las muchachas del patrón sin ninguna consideración hacia ellas. Mira a todos por encima del hombro. Les está diciendo: Nosotros no somos como ustedes, campesinos de mierda, que se venden por cualquier pendejada. Pero las manos de la guerrillera están más sucias que las nuestras porque es la primera en ponerlas para recibir la plata de los narcos.

Olvídate por un rato de la guerrillera, dije. Qué está haciendo Wilson.

Me da pena decírtelo, pero Wilson no hace nada. Una quisiera verlo enfrentarse con la guerrillera. Al fin y al cabo, es una enemiga amiga. En lugar de indisponerse contra ella no deja de mirar hacia donde estamos nosotras. Creo que está dispuesto a venir a buscarnos. Algo lo detiene. Don Jorge Andrés Jaramillo requiere su atención para parlamentar sobre algo. Wilson le dice al oído que estamos acá desde hace rato. Con el ruido de los motores de la aeronave ya nadie puede reparar en nuestro escondite.

Es hora de irnos, dijo al fin.

Pero en lugar de moverse, Aida se puso a orinar allí mismo. Sin prisa. El líquido humeante mareaba a las hormigas. Los tallos y las raíces de los helechos también se resintieron.

Me quedé sentada otro momento sin pensar en nada más que en salir corriendo hacia abajo. Los motores de la avioneta nos servían de parapeto. Ahora podíamos hablar más alto pero acostumbradas al siseo nuestras voces servían de puente al silencio.

No te oigo, dijo Aida.

Pero yo no había dicho nada. Ardía sólo en el deseo de volver junto a Wilson.

Eso era lo que me disponía a hacer cuando un estallido terrible me obligó a tumbarme.

No pude ver de dónde venía la explosión porque a la primera le sucedió otra. Y luego otra. No es un terremoto, pensé. Es la guerra. Resultaba imposible ponerse a contar las bombas que caían por todas partes. Sentí la lengua rota en mi garganta. Los ojos me dolían. El cielo se alejaba y la tierra se partía en mil pedazos.

Las bombas lanzadas desde arriba explotaban tan cerca unas de otras que más parecían fuegos de artificio que armas asesinas. Escondí mi cabeza entre los brazos. Encerrada en un ovillo permanecí a solas con la muerte. Tardaría poco en morir. Así seguí hasta que Aida, a rastras por el suelo, tiró de mí y levanté los ojos. Nos miramos asustadas. Aparte de nosotras dos no conseguimos ver a nadie a una distancia cercana. Un humo negro y denso nos impedía ver más allá. Se oían gritos estremecedores más parecidos a aullidos de animal que de persona. El aliento de Aida me tapaba la cara. El monte empezó a oler fuertemente a carne humana recién quemada.

Pensé que Wilson no corría peligro porque este disparate no podía ser sino obra de la guerrilla, pero por mucho que lo intentaba no conseguía pronunciar la palabra Wilson.

Bajo el infierno de la guerra, Aida se empeñaba en seguir hablando cuando lo que yo quería era correr hacia delante. Las ramas se deshacían en humo. Las bombas bloqueaban cualquier intento de paso. Vi las llamas crecer como réplicas enrojecidas de los árboles. El fuego era un collar con vida propia. Disparos de metralleta y otra suerte de detonaciones se sucedían a un ritmo frenético. Me salvé porque no tenía nada en las manos. Mi silencio era cobarde.

Son los paramilitares, me gritaba Aida en el oído. Habrá cientos de ellos. Han sido tomados por sorpresa. No esperaban esta trampa.

Aida estaba convencida de que cada asesino era un enviado del infierno. Junto a nosotras, un antiguo pozo de agua cubierto de musgo espeso nos servía de trinchera. Pensé que Aida habría podido ser una magnífica guerrillera si pensase menos en Dios y más en el infierno. En el centro mismo de la guerra se le ocurrió decir:

Por ahí viene ardiendo el carro de fuego de los profetas celestiales.

La guerra ensordecía la mitad de sus palabras. Volví a creer que si nosotras éramos capaces de mantenernos vivas también Wilson se salvaría.

La mitad de nuestro cuerpo seguía hundido en la tierra húmeda. Esta vez lo digo en serio. Voy a levantarme. Ya no espero más.

Ni lo sueñes, hermana, dijo. Te diré lo que veo.

Ahora, sí. Ahora vi su camisa blanca. Pero no alcancé a ver nada más.

Cuando la sentí hablarme tan cerca de mi oído quise creer que Wilson había sobrevivido a la matanza.

Blanca, grité. Pero qué dices. Era verde. O tal vez azul. Pero no blanca. Estás viendo visiones, o qué.

Aida no quiso retractarse. Una sabe que los vivos si son listos se harán los muertos.

Después de las bombas, siguió un cruento tiroteo. Los asesinos debían disparar a los fantasmas del viento, dijo Aida, porque he visto caer varios hombres con el cuerpo quemado.

¿Qué otra cosa ves?

He visto un helicóptero disparar desde el aire.

Helicópteros verde oliva volaban a ras de tierra dispuestos a seguir con el ataque.

Me aseguró que si el Ejército y algún destacamento paramilitar venían a matar a los campesinos cuando estaban aguardando su paga era por algún chivatazo de los narcos.

Pero qué guerra es ésta.

Pregunté por Wilson. ¿Has conseguido verlo?

No me cansaba de repetir su nombre. Allí estaban sus páginas manuscritas. Allí sus cascos de cerveza. Allí sus colillas.

Tiene que estar en alguna parte. Ahora no lo veo.

Volvió a levantar por espacio de un segundo sus orejas de liebre siempre en guardia.

Se trataba de conseguir que la imaginación de Aida caminase más lenta que sus ojos.

A partir de entonces, mis frases fueron telegramas. Se los enviaba a Aida y no siempre obtenía respuesta.

En otra ocasión dijo: Han matado al jefe de finanzas. Lo he visto con mis propios ojos. También hay varios guerrilleros en el suelo.

La guerra es poderosa. Tiene sus silencios solemnes que son el inicio de otra guerra. El humo hablaba de muertos mientras que el sol hacía rato que se había puesto a mirar hacia otro lado. Una falsa noche nos cubrió de repente.

A Wilson no lo veo, volvió a decir.

Mientes. Callas. No te creo. Piensa en los amigos. Dime cosas serias.

El olor a muerte nos cerraba la boca. Desaparecieron los helicópteros y sus motores múltiples. Ardían los árboles. En el silencio daba más miedo salir que en la refriega. Después de los gritos y disparos, cuando empezaron los sollozos también los pájaros siguieron mudos. Algunos animales desesperados preferían salir a campo abierto para lamer la sangre de los cadáveres esparcidos por el suelo antes que permanecer en las tinieblas de sus guaridas deshechas por las bombas.

El llanto agudo tenía nombre y movimiento. Venía del otro lado del río. Mujeres y niños se acercaban a llorar los nombres de sus muertos. Al verlos venir, saltamos de nuestra madriguera y echamos a correr allá donde el dolor dormía.

Yo también llevaba un nombre en los labios. Wilson Cervantes era mi trébol de la suerte. Me aferré con uñas y dientes a ese nombre. Pero nadie siguió mi voz. Llamé a Wilson tantas veces como respiraciones pude sacar de mi boca convulsa. Los que estaban vivos permanecían atareados con sus duelos. Los muertos no querían escucharme. Era la hora de ponerse a contar cadáveres y escribir la memoria de los alientos últimos. En lugar de mirar abajo donde la tierra se había preparado para ofrecerse de alimento a los cadáveres yo miraba al frente, a la espesura del monte, esperando encontrar allí los brazos de Wilson dispuestos a recibirme.

Pobre Rat, gemía Aida. Quién iba a pensar que terminaríamos en la ceiba del monte quebrando duelos.

Perseguía tan de cerca mis talones que llegué a confundirla con mi miedo. No eres mi sombra, pensé.

No lo veo, dije.

Quería convencerme de que los sobrevivientes de la matanza seguían escondidos.

Tampoco Aida veía nada, pero ella siempre sabía más. Podía oír el andar de una hormiga o el vuelo lejano de una mariposa.

Las mujeres se echaban al suelo junto a sus seres queridos. Lavaban sus heridas y tejían falsas esperanzas con sus huesos. Parecían frágiles estatuas de ébano recogiendo la muerte entre sus brazos. Algunas cantaban sin voz. Ponían música a sus ruegos. Esta vez no hubo ningún milagro. Yo no lo vi. No pude ver a nadie resucitar de entre los muertos. Esperé. Deseé con todas las fuerzas cambiar el curso de los hechos. Ni bruja ni santera, tampoco me sentía capaz de acompañar a las viejas mientras rezaban sus tristes Padrenuestros. Cielo no había y el infierno estaba declarado. También yo, a mi vez, empecé a buscar entre los muertos.

Al bajar de un peñasco, lo primero que vi fue a Alicia. El fuego se había llevado su oscuro sufrimiento. Su cuerpo mutilado y torcido parecía una raíz quemada por el tiempo. También sus huesos eran negros. La pólvora le había arrancado brazos y piernas. Tenía carbonizado el cráneo. Ver su cuerpo mutilado por todas partes me produjo una impresión de angustia, alarma y remordimiento. Había mucho muerto para que los supervivientes no terminásemos sintiéndonos también culpables de la refriega.

Aida se detenía en cada muerto. Se llamaba Aquilino. Éste: Tomás el Moro. La camisa del niño Céspedes.

Yo caminaba con lágrimas en los ojos. Pero no sabía si era el humo que subía de la tierra o el dolor que me quemaba desde dentro lo que provocaba mi rabia y deseos de venganza. Contra qué iba a rebelarme. Allá no había más que un campo destruido y sembrado de cadáveres.

El monte seguía oscuro. La luz era lúgubre. Con toda seguridad comenzaba a transcurrir la tarde. Mientras deambulábamos entre cenizas y cadáveres traté de juntar ayer con mañana, pero no había forma de mantener unidad entre persona y recuerdo. Ansiosas de encontrar un aliento delator poníamos el oído en tierra. La hierba echaba humo y la tierra que pisábamos tenía agujeros de diversos tamaños con los que dar sepultura a los muertos. Los asesinos además de matar a sus víctimas les habían cavado tumbas. Las mujeres indígenas que habían bajado del monte para llevarse a los suyos tenían que vérselas con las trampas del terreno recién bombardeado. Querían otro tipo de entierro para los suyos. Otros ritos funerarios. Nada que tuviese relación con las reglas del hombre blanco. Al contrario de nosotras, ellas no se detenían a mirar otra cosa distinta que no fueran los restos de quienes andaban buscando. Tan pronto como llegaron, se fueron.

Aida dijo: Por allá andan los paras observando el final de la matanza.

Entre los árboles y los ojos de Aida había demasiados cadáveres como para perder el tiempo mirando a los matones y responsables directos del genocidio que ahora se ocultaban en cobarde retaguardia.

Yo no los veía. No quería verlos.

Atravesado entre uno de los carriles de los árboles andantes vimos el cuerpo del patrón. Le habían robado todo el oro que llevaba. La cadena que le colgaba del cuello, el reloj y parte de su dentadura.

No te detengas, le dije a Aida. No es uno de los nuestros.

Ese asqueroso delator lo tiene merecido, dijo.

Por ahí venía tía Irma con el cuadro de la muerte reciente pintado en su rostro. Detrás de ella vimos algunas sombras que se movían a lo lejos, entre la oscuridad silenciosa del follaje.

A Jorge Andrés Jaramillo lo descubrí cuando Aida trató de empujarme hacia otro lado. En vano confié que del cuerpo dormido de Jaramillo pudiese brotar aún una palabra de auxilio. Sus ojos estaban abiertos. No me atreví a cerrarlos. Moscas infectas saboreaban los restos de sangre esparcidos por su ropa. Trozos de su cerebro habían saltado hacia afuera. Pero allí estaba tía Irma con un paño en la mano y un crucifijo en la otra dispuesta a poner algo de limpieza y serenidad en la tragedia.

Estaba de rodillas junto a su marido, ocupada en tener contento y bien dispuesto su cadáver. Lo quería para ella sola. Atareada en los ritos de otros mundos, todavía quiso hacerme una última recomendación. Sin levantar la cabeza me dijo:

Cuando le pregunten, diga usted que es gringa o francesa.

Proseguí con mi expedición sombría. La tristeza podía conmigo hasta el punto de volverme incapaz de afrontar lo irremediable. Aida volvió a detenerse. De la forma que miró, supe que ya había encontrado a Wilson, o que visionaria como era había decidido que éste tenía que ser el momento de descubrirme su cadáver, cuando ya habíamos visto demasiados como para creer en otra cosa. A Wilson lo encontré tendido de costado en el suelo y abrazado a una piedra. Tenía el rostro contraído en una horrible mueca de disgusto. Su cabeza llena de sangre no estaba destrozada. Tenía la camisa rota y los pantalones ensangrentados. También le rezumaba sangre de la boca. El barro le tapaba los dientes y los ojos.

No está muerto, porque tiene las manos dormidas en el sueño de siempre.

No, dijo Aida.

Me arrodillé en el suelo y besé su cara varias veces. Me quedé quieta y con el cuerpo de Wilson en mis brazos. Tampoco quería moverme.

Ha preguntado por ti, dijo Aida. Murió pronunciando tu nombre.

La muchacha de tía Irma, después de asentir a las palabras de Aida, fue a avisar a las otras mujeres de que allí estaba el cadáver del primogénito de los Cervantes de El Almejal.

No quería visitas de duelo. Aparte de Aida, nadie vino a consolarme. Cada uno llevaba su propio dolor a rastras.

Dejé de llorar por un momento. No tenía demasiado tiempo para seguir compadeciéndome. Poco a poco, los muertos fueron ordenándose en nidos de recuerdos. Los zapatos de Wilson, con las puntas hacia arriba, parecían peces dispuestos a saltar al aire. En medio de la tragedia, el mero hecho de poder reconocer un cadáver aliviaba el sentimiento.

En algunas zonas habían encendido hogueras donde quemar los cadáveres. A falta de aire, el humo apestaba a sangre y sufrimiento. Aquella carnicería de cuerpos mutilados empezó a parecer un crematorio.

Aida me tocó el hombro. Se acercó a decirme que los familiares no teníamos permiso para enterrar a los muertos. Era la orden de los paramilitares. Ellos se encargarían de hacerlo por nosotras. Dije que ni pensarlo. Yo no me muevo, dije.

Tía Irma señaló a su esposo y a su hija y nos aseguró que ella se los llevaba de todas maneras. Su seguridad era más grande que el desprecio que sentía por los asesinos apostados en el monte.

Yo no los vi. No quería verlos.

Gusanos, más que gusanos, oí decir a tía Irma.

Hablaba mirando los matorrales para no asustarnos.

Estábamos en el centro mismo del Pozo de las Mujeres Muertas. Todo era un espectáculo de desolación extrema. La mirada perdida de algún que otro superviviente rompía la penumbra silenciosa. De vez en cuando, una voz pidiendo Ayuda, Dios Mío y Socorro lograba salir de la garganta agónica de algún herido. Olía cada vez más a sangre y a un sudor infecto. Las mujeres lloraban abrazadas a sus muertos. Tía Irma dijo que las lágrimas había que guardarlas para más tarde, cuando ya no tuviéramos nada nuestro, ni un cabello siquiera que recordar de la masacre.

Era casi de noche cuando por fin decidimos movernos. Con la ropa negra que llevaba puesta, tía Irma se hacía de respetar. Cada palabra suya tenía la fuerza de una orden. Un pañuelo blanco le colgaba de la muñeca izquierda en señal de bandera de la paz. Dijo que esta bandera le abría el camino entre hombres, demonios y soldados. No sabíamos adónde dirigirnos. Éramos habitantes perdidos. Sin lugar ni espacio. Ni sombra ni horizonte.

Mejor que nos hubieran matado a todos de una vez, murmuró una anciana de lágrimas secas y gastadas. Mire usted esas viudas y esos niños sin nada que llevarse a la boca. Más bajo no puede llegarse. Una condición humana más miserable no existe.

Con quién habla, pregunté.

La vieja no se dirigía a nadie en concreto. Se dedicaba a tirar piedras a los árboles.

Habla con el espíritu del monte, dijo Aida. Se le invoca dando tres golpes en el suelo. Si al monte no se le saluda, se pone bravo.

El cuerpo de Wilson se parecía cada vez más a la piedra donde seguía apoyado.

Yo no me muevo, dije por quinta vez.

Usted verá lo que hace, dijo tía Irma. Después de la masacre, aparecerá el Ejército con su armamento para la guerra.

Dónde se ha escondido el enemigo, pregunté. No quería ver a los militares, pero allí estaban, como si tía Irma al invocar su nombre los hubiese hecho venir en el acto. Tuve suficiente con levantar la cabeza por encima de los matorrales para encontrarme cara a cara con hombres y mujeres vestidos de soldados. Parecía que hubieran surgido de la nada. Trataban de cortarnos el paso hacia Bahía Negra.

Aida le dijo a tía Irma:

Si lo que dice es cierto, uno piensa que para qué necesitamos al Ejército. Los paramilitares organizaron aquí un carnaval de sangre y muerte sin el menor asomo del Ejército ni del Gobierno.

Los soldados han venido cuando ya no queda nada por salvar ni defender, dije.

Aquí estoy, decía un hombre que había logrado salir con vida de la cruel matanza. El hombre contó que por casualidad del destino se fue a orinar por aquella ladera cuando ocurrió todo.

Al hombre que se salvó, pese a tener el ánimo vencido, aún le quedaban fuerzas para denunciar su protesta. Qué tienen que ver los negros campesinos con esta guerra. Los paramilitares son dioses por estos lugares, decía a voz en grito. Se creen dueños de la vida y de la muerte. Actúan a su antojo.

No hable alto, dijo tía Irma.

Mascullaba entre dientes que todos éramos hijos de la violencia. La paz, si ha de venir, la contarán ustedes que son jóvenes.

Aida me confesó al oído que tía Irma se iba a la manigua a ponerle plumas de gallo, de loro y de murciélago a sus muertos. Los negros vamos al corazón del monte como si fuésemos a la iglesia porqué está lleno de santos y difuntos. Vamos a pedirles lo que nos hace falta.

Pídanlo al Gobierno, dije.

Tampoco sirve de nada. Volverá a pasar lo mismo.

Sus piernas sucias de ceniza y barro iban y venían entre los escombros.

El fuselaje de la avioneta del patrón recordaba el vientre de una ballena con la tripa abierta. Aida dijo que a las mujeres del patrón los soldados se las habían llevado para hacinar sus cadáveres en la hondonada del monte y quemarlos de una vez. Ella podía ver más que yo porque desde el comienzo fue la mirada de la historia. Sus palabras no tenían más memoria que los sueños que ella quería darle. A su lado, yo parecía una sonámbula de cementerio. Clavada como estatua en la lápida seguía sin querer moverme.

El resto de las mujeres, sumidas en la incertidumbre de si huir o quedarse un rato más para seguir preparando a sus muertos, se comunicaban entre ellas con signos invisibles. Las viudas querían apoderarse del espíritu de sus seres queridos. A escondidas les cortaban los dedos de las manos. A Wilson no quería ni tocarlo. Tampoco podía dedicarme a llorar porque éste no era tiempo para misas ni milagros.

Aida me había dicho que el cráneo era lo más preciado para un brujo porque allá se encuentra la sustancia espiritual del difunto, la inteligencia. El alma queda apegada al cuerpo, va por costumbre a buscar lo suyo todo el tiempo que subsisten los restos.

Se decían unas a otras que los paras habían acampado en la otra vertiente del monte. El Ejército se hacía el desentendido con los asesinos y como mucho se dedicaba a picar la retaguardia. No cabía pensar en entretenerse con el duelo ni con la despedida. Aida daba coces alrededor de mí. Harta de mi empeño en ser árbol que se queja dijo que el color de mi piel era inquietante. Podía inducir a que me hiciesen preguntas turbadoras. Y qué va a ganar Wilson con todo esto. Uno no tiene siete vidas. Así que vamos a escondernos.

Te oigo pero no te escucho, pensé.

Aida me acarició el cabello. No podía moverme. Tampoco encontraba la manera de poder llevar a cuestas el cuerpo de Wilson. En otra situación, tía Irma no habría permitido dejarme sola en el monte herido, pero ocupada en sus propios problemas se fue yendo poco a poco. Entre la confusión, la rabia, la pena y el miedo no pude ver cómo se las había ingeniado para llevarse al padre de su hija y los restos momificados que quedaban de ésta. Una negra sin hijos ni esposo que llorar contó que doña Irma y la muchacha que la acompañaba se habían ido en dirección a la ciénaga.

Mi tristeza y depresión iban en aumento. No podía detener mis lágrimas. Aida no era tan sensible como yo. En lugar de estarse quieta, se movía entre los cuerpos de los guerrilleros muertos como centinela eficaz y disciplinada.

Se puso un pañuelo blanco alrededor del cuello. Gracias al pañuelo en esta noche sin luna podía verla dar vueltas en círculos concéntricos. La verdad es que yo no servía ni para dar órdenes ni tampoco para cumplirlas. Cuando ya no pudo más, Aida me tiró del brazo. Se acabó, dijo. Va a caer un aguacero bravo.

El cielo se puso a temblar tal y como había anunciado Aida. Un hombre que se jactaba de ser testigo de Jehová cantó a todo pulmón que aquel desastre por venir era el diluvio universal o no era nada.

Yo estaba dispuesta a vagar sin rumbo por el monte. Las palabras me resbalaban al oído.

Una vez tuvimos un aguacero que se llevó abajo todos los ranchos de Bahía Negra. Una no es de piedra. Con estos ojos he visto cosas terribles. Árboles grandes como rascacielos arrancarse de cuajo. Y eso que el monte es más grande que el cielo.

Volvió a zarandearme. Sus súplicas me ponían nerviosa.

Nosotras debemos seguir nuestro camino. Por los muertos ya no se puede hacer otra cosa que rezar por ellos.

Aida veía la vida como un premio o un castigo. De

todas las frases que ella me había dicho esta última era la que podía disgustarme más.

Déjame tranquila, protesté.

Pero Aida no quería soltarme. Mantenía mi brazo suspendido en el aire todo el tiempo. La lluvia, que cayó de golpe, empezó a saltar sobre su ancha frente, de modo que sus cabellos negros y atormentados terminaron convirtiéndose en una regadera.

A pesar del agua, se seguían oyendo gritos y lamentos. Aida me recomendó que hablase lo menos posible. Estaba decidida a llevar a Wilson conmigo. Aparté a Aida y probé de levantarlo sola. Como apenas conseguí moverlo, me situé detrás de él y traté de sujetarlo por los hombros. Bajo el agua doliente todo pesaba el doble. Arrastré a Wilson un par de pasos mientras seguí fingiendo ante ella que era capaz de trasladarlo sola.

Tropecé tantas veces que ni yo misma llegué a creer lo que fingía. Aida me obligó a cambiar de lugar. Ahora era yo la que sostenía las piernas de Wilson mientras ella se ocupaba de levantarlo por la espalda. Lo siguió arrastrando a través de matorrales, troncos carbonizados y un infatigable lodo. A duras penas, conseguimos dejar atrás el Pozo de las Mujeres Muertas.

Lo más pesado de llevar era la lluvia y el fango. Estábamos empapadas. Pero el agua limpiaba parte de la sangre que llevábamos pegada al cuerpo como sombra de guerra en movimiento.

Había que caminar deprisa, pues un ritmo rápido de marcha hacía la pena mucho más llevadera y que el cuerpo de Wilson también pesara menos.

Aparte de la lluvia, lo más duro de soportar era ver

la cabeza de Wilson dando tumbos a uno y otro lado.

Varios hombres armados nos vieron pasar bajo la lluvia. En el primer momento no supe distinguir quiénes eran porque llevaban pantalones vaqueros y cargaban fusiles y metralletas al hombro. Se habían pintado la cara con tizne de guerra y se movían como soldados. Las piernas apenas podían sostenerme. A medida que avanzábamos nuestras fuerzas menguaban y decidimos llevar a rastras el cuerpo de Wilson. Caminábamos con las piernas hundidas en el barro. Aida había tomado el camino de la ciénaga con la esperanza de acortar el trayecto. Fue una sorpresa inesperada topar con los soldados aunque lo lógico habría sido contar con ello. Si muertas ya estábamos, entonces, por qué no cesaban los temblores.

Desde nuestro bando de desplazadas infelices, Aida les lanzó un saludo. Los soldados también parecían fatigados. Los sorprendimos en uno de esos instantes en los que la vida propia adquiere mayor importancia que la histórica o reglamentaria. Cuando pudieron cambiar de opinión y dispararnos con sus armas todavía calientes, nosotras ya no estábamos a su alcance y tal vez otros desplazados que pasaron por allí fueron detenidos, torturados o asesinados. Todo lo que pudiera suponerse era poco.

Segura ya de que no podían oírnos, Aida lanzó un juramento: Esos tipos solamente hablan cuando matan. Y una que sabe, los conoce de veras.

Los despreciaba desde que vio con sus propios ojos cómo volaban la cabeza de doña María Lucila y no contentos con ello violaron su cadáver.

La lluvia caía con tal ímpetu que a menudo impedía que avanzáramos. Debíamos sacar fuerzas de donde no teníamos, correr la cortina de agua y asustar las sombras nocturnas. Me quejé varias veces de caminar a ciegas. El único sonido amistoso era el chapoteo de nuestros pies enterrados en el barro. En uno de mis resbalones conseguí apoyarme en un árbol y éste cedió hasta quedar tendido en el suelo. Aida dijo que si no nos dábamos prisa corríamos el peligro de terminar arrastradas por el agua. Pensé que ésta iba a ser nuestra salvación. Cualquier amenaza natural sería bienvenida antes que encontrarnos con los paramilitares o las narcoguerrilleras que además de matar podían incendiarnos, cortarnos la cabeza. Cualquier cosa.

Mi lengua protestaba. Hablaba tan bajo que ni yo misma podía saber lo que decía. No sé cómo seguimos hacia adelante pero lo hicimos. No teníamos a nadie a quien recurrir. Tampoco había viento. Sólo un cuerpo inundado y yerto del que no quería despegarme.

En otro momento de desazón inmensa anuncié que ya no seguía caminando.

Me quedé sentada bajo la lluvia. Tuve una idea. Con el pedazo de tela blanca que me había prestado tía Irma até la cabeza de Wilson a sus brazos de modo que estuviera lo más quieta posible y no nos diera la impresión de estar lastimándolo a cada rato.

Hemos llegado a la ciénaga, dije cuando ya nos habíamos metido de lleno en ella. Dejamos que el cuerpo de Wilson flotase en el agua verde. Ahora nos bastaba con sostenerlo y empujarlo. Al llegar a la orilla, volvimos a tirar de él como si fuera un saco.

Aida temía por Wilson. Leía en su mirada que para ella su cuerpo y su espíritu seguían vivos. Sentí que estaba tramando algo. No, no voy a dejar que te salgas con la tuya, pensé.

10

Estábamos cerca del mar. La playa seguía desierta. Tardé diez años en llegar a casa. No quería llegar. Me sentía incapaz de entrar en casa con la muerte de Wilson en los brazos. Quedémonos afuera. Junto a la orilla.

La lluvia había dejado de atormentarnos. Amainaba. Abría el cielo sus nubes y una brisa suave venía a recibirnos.

Dejamos a Wilson sobre la arena húmeda. Limpié algunas hierbas que se le habían quedado pegadas en el pelo. Ahora descansemos una al lado de la otra. Tampoco me sentía con ánimo de hablar ni de hacer nada. El cansancio se ocupaba de adormecer mi sufrimiento. Me estremecí y empecé a temblar. Quería ver la vida crecer de pronto como sucede con los dientes de los niños que aparecen sin dar aviso. A Wilson lo quería vivo. En aquella desolación, la muerte era un puente de madera en medio del camino.

Mientras tanto, Aida había entrado en su casa y regresaba con un fardo de ropa en los brazos. Son cobijas rotas y sacos viejos, dijo. Los extendió en la arena mojada muy cerca de donde estaba Wilson. Empezó a hacer nudos con las puntas de las telas. Los cangrejos no la dejaban trabajar en paz. Aida se afanaba por mantener lisa la frazada mientras que ellos la inundaban de arena y resultaba imposible controlarlos.

Yo la miraba hacer. Cuando terminó de liar los cabos, colocó el cuerpo de Wilson sobre la manta. Sentí que esta experiencia de vivir me parecía injusta. Quería llorar y consolarme. Beber y dormir. Todo al mismo tiempo.

Hablé con Wilson. Primero le limpié los restos de barro que tenía en la cara y en el cuello. También le lavé las manos. Poco más puede hacerse con un cuerpo amado que está muerto. Yo hice lo siguiente. Me acosté junto a Wilson. Mis pies tocaban los suyos tapados con la manta y mis labios le acariciaban el rostro. Lo abracé tan fuerte como pude.

Ninguna estrella cayó del cielo pero yo me sentí reconfortada.

Con la muerte delante de los ojos hice lo siguiente.

Le pregunté a Wilson si deseaba alguna cosa en especial, algo que yo pudiera hacer por él. Por ejemplo, contar lo que había visto a quien tuviera ganas de escucharme. También podía callar y guardar nuestra vida en un secreto.

Me respondió que a él le parecía buena mi propuesta pero que lo hiciera solamente si sentía la necesidad imperiosa de contarlo.

Le pregunté a Wilson si era mejor quedarme aquí con él o marcharme lejos. Que a mí personalmente ya todo me daba lo mismo y que si tenía que huir tampoco sabía a dónde.

Por lo que más quieran, dijo, váyanse bien lejos. No se demoren.

Estas palabras también Aida pudo oírlas porque acto seguido apeló a la Virgen pura y al Santísimo Sacramento para decirme que no podíamos seguir aquí toda la noche.

Le pregunté a Wilson a propósito de sus papeles y si tenía alguna idea de lo que debía hacer con ellos.

Me respondió que no merecía la pena tocarlos. Según su modo de ver eran puro rabiar de teclas oxidadas.

Yo no lo creo, dije.

Me contestó que esos papeles eran huevadas. Además, están rotos. Y que si me proponía leerlos tampoco los entendería porque estaban escritos para la muerte y no para la vida.

Y ya no habló más porque a estas alturas de la conversación Aida se interpuso entre nosotros para taparle la boca con el sudario que le envolvía el cuerpo.

Cuando lo tuvo bien atado, se detuvo unos instantes a reflexionar sobre lo que había hecho. Dijo que lo pensaba mejor y que dejaba libre su cabeza. Antes de destaparlo me miró a los ojos. No siempre podía adivinar lo que estaba pensando. Su silencio dominaba varias lenguas. La que utilizó ahora no conseguí entenderla.

Qué sucede, pregunté.

Aida dijo que también una había enterrado a sus muertos. Nosotros no permitimos que hagan su viaje en solitario. Algo nuestro los acompaña en su camino al más allá. Un pequeño crucifijo. Una media de mujer. Un retrato de la persona querida. Una cucharada de azúcar. Un carrete de hilo.

Como a mí no se me ocurría nada, fue todavía más lejos con sus sueños.

Para entrar en relaciones con un muerto basta con

poseer un fragmento de su esqueleto. Un hueso de sus dedos, aunque yo prefiero el cráneo.

Ni lo sueñes, protesté.

Me asusté porque en cualquier momento podría confundirme con ella.

Aida se dedicó a quitar la arena de sus pies desnudos.

Basta de ideas macabras, dije.

Me levanté y caminé ligera hacia mi casa.

La noche tampoco terminaría conmigo. Quería hacer algo. No pensaba encender la lámpara.

Abrí la puerta de un empujón. Hice ruido porque quería espantar a los murciélagos antes de sentirme amenazada por ellos. Casi a tientas me acerqué a la cama de Wilson. Deslicé mis manos por encima de la sábana hasta que después de palpar en la oscuridad una y otra vez conseguí encontrar el libro que buscaba.

No estaba sola. Antes de localizar el libro sentí la presencia de alguien en el cuarto, pero hasta que no lo tuve entre mis manos no me atreví a mirar hacia donde estaba. A primera vista me pareció un soldado. Llevaba un sombrero de alas anchas y una cola de caballo. Echada sobre mi cama se hacía la dormida pero sus ojos me vigilaban en secreto.

Estoy en mi casa, dije.

La guerrillera no se movió. Tampoco se quitó el sombrero. Dijo que esta casa ya la conocía y que era también la casa de Wilson Cervantes, el periodista. Lo mataron esta mañana en la refriega. Al pobre lo mataron por nada.

Qué sabrás tú, pensé.

Los muertos nos pertenecen más que los vivos y no permitimos fácilmente que alguien extraño quiera compartir nuestra intimidad con ellos.

Las dos pensamos en el libro que yo llevaba en las manos. Dado mi sigilo en conseguirlo, en el primer momento, la guerrillera pensó que podía ser una pistola. Me mostró su arma preparada por prevención pero volvió a dejarla en la almohada. Retrocedí unos pasos. No tenía ánimo de charla. Quería irme. Me disgustó ver a esa mujer recostada en mi cama y usurpando mis recuerdos.

Fueron ellos, dijo. Los enemigos del pueblo. A un compañero mío, Rafael González, los paras, después de hundirle en la boca un gancho de carnicería lo sujetaron con una soga al parachoques trasero de una lancha y lo arrastraron maniatado por toda la Ciénaga Grande para que la gente lo viera y escuchara sus gritos.

Unos u otros qué mas daba. La violencia no tiene nombre que la explique. Sólo historias de muertos. Ningún campesino quería tomar partido en esta guerra que no era suya y que nada tenía que ver con ellos.

La guerrillera insistía en querer hablar y yo no tenía tiempo de escucharla. Cuando alcancé la puerta, se levantó de un salto y vino a estrecharme la mano. Al verla tan de cerca, lo primero que me sorprendió fueron sus años. No tendría más de veinte.

Cerré la puerta, no fuera que Aida viniese a buscarme.

Mi nombre es Cornelia Camacho Fuentes, dijo la guerrillera. Soy amiga y colaboradora de Wilson desde que llegaron a Bahía Negra. Los he vigilado desde entonces. Me mandaron al monte aunque nací en Armenia y ya desde muy chica estoy en la guerrilla. Ingresé en las

FARC en primer lugar porque no tenía otro sitio donde me dieran de comer ni otro lugar donde pudiese defender nuestra necesidad de alimento. Y en segundo lugar, por revolucionaria.

El cuello no dejó de temblarle mientras hablaba. Dijo todas sus frases de una vez, una ráfaga de palabras con las que conseguir detenerme. Pensé que si no se callaba ahora mismo abriría la puerta y llamaría a Aida. Tenía su metralleta apoyada en mi cama y un pistola colgada en el cinto. Vi la luz violeta del hornillo encendido y un caldero hirviendo. Para darme confianza, se desprendió de la pistola y del cinturón de armados dientes.

Miró a través de la ventana. Es cierto. Allí estaba Aida, junto al mar, relamiendo sus canciones funerarias como maullidos nocturnos.

Cuando terminen con lo que están haciendo, dijo, vengan para acá que les tendré preparado algo de comer. Vayan tranquilas. Yo me ocupo de vigilarlas.

Salí de casa corriendo. Las palabras de la guerrillera no me habían tranquilizado porque tampoco quería ser cómplice de nada. Me sentí excitada como ladrón en pleno robo. Estoy inspirada, pensé. Era el mejor momento para escribir un poema. Una carta de salvamento era la mejor oración que podía ocurrírseme. Tenía una misión que me encendía. Algo tan ínfimo y a la vez tan necesario como la tarea de colocar sobre un amor muerto y verdadero el libro que llevaba en las manos.

Aida seguía con su extraño modo de rezar a santos y demonios. Su voz afónica desplegaba dulces oraciones. Eran una mezcla de caricia y llanto. Había que estar cerca de sus labios para poder oírla porque ella cantaba a los espíritus de los muertos, no a los vivos.

Cuando terminó de cantar me quitó el libro de las manos. Lo colocó en el pecho de Wilson sin ninguna ceremonia previa. Esto está mejor, pensé. No quería más ritos que los imprescindibles para un entierro táctico y necesario. Aida aceptó el pacto. Los pulgares y falanges hay que llevarlos al cementerio, dijo a media voz.

De qué hablas, pregunté.

Cambió la frase pero al igual que yo pasaba las cuentas del rosario de la muerte con sus dedos.

Cada día hay menos tierra para los muertos. Lo peor son los vivos. No tenemos casa ni sendero.

En su monólogo, se volvió hacia mí.

Si te refieres al libro, dije, es una novela de un blanco que escribe sobre negros.

Incrédula y desconfiada se quitó un escapulario del pecho.

De nada sirve que lo beses. Ésa es tu suerte, no la mía y tampoco la de Wilson.

Te escucho y no te escucho, debió pensar.

Todavía se detuvo a sacar del cesto una rama de laurel y algunos brotes de plantas silvestres del monte. Los esparció sobre el cuerpo de Wilson.

Diestra en manejar los dedos se dedicó a cerrar los últimos huecos libres de la improvisada mortaja.

Me había quedado quieta en mi isla de frontera. Me preocupaba de qué manera conseguiríamos que el mar no nos diera la espalda y terminase por devolver a Wilson a la playa.

Cuando terminó de amortajarlo dijo que era el momento de llevar el cuerpo al agua. Me pidió ayuda. Aida era mucho más fuerte que yo y cargó con todo el peso. Mi cabello pegado a la cara me impedía ver con claridad. También la noche era muy oscura. Ya no llovía desde hacía rato pero mi piel seguía mojada. La oí decir que tiburones y otras bestias marinas se apartaban de estos bultos blancos porque los creían fantasmas. No dije nada. Callé también cuando la vi hablando con el mar y con el cielo.

Este año mi marpacífico se empeñó en no darme más que muerte. Me está castigando. El mar quiere que le paguen.

Por el contrario, mi cabeza no podía apartar la idea de que esta noche me acostaría sola, y la noche siguiente, y la otra.

Una vez en el agua dejamos a Wilson balancearse sobre ella. Aida en un extremo y yo en otro protegíamos su cuerpo de la fuerte corriente. Segura de que las olas nos devolverían a Wilson en su resaca, me precipité mar adentro. Avanzamos unos metros más. Resultaba peligroso porque Aida no sabía nadar, pero ningún nadador por bueno que fuera podía mantenerse firme en un oleaje bravo y traicionero.

Después de soltar a Wilson todavía permanecí unos minutos en el agua dejándome embestir por la corriente. No quise irme hasta comprobar que Wilson se hundía más allá del fuerte rompeolas. Sin nada en las manos y con la ropa chorreando volvieron a atacarme los temblores. Aida también se puso a pensar en voz alta. Guardé mis penas pero ella empezó a repetir la letanía de sus lamentaciones. Le pedí que dejara de lamentarse. Hay que emigrar cuanto antes.

Dijo que si quemaban el monte lo más prudente sería escapar por el camino viejo del río en dirección opuesta al poblado indígena.

De su boca brotaron un montón de argumentos prácticos.

También dijo que lo más sensato sería tratar de dormir un par de horas porque nunca se sabe lo que pasará mañana. El camino no tenía destino asegurado.

Hasta que no la vi calzar sus zapatillas y cargar con su cesta de plástico no volví a acordarme de la guerrillera escondida en casa.

Está bien, dije. Y me puse a caminar por delante de ella.

Nada más llegar al escalón del porche, Aida empezó a buscar en mis ojos y a desconfiar de ellos.

Solté una palabrota.

Cuando hace un rato vine aquí me encontré con una sorpresa. Tenemos visita, dije de pasada.

Hablé en voz alta con la esperanza de que la visitante saliera a recibirnos. Pero Aida me retuvo con el brazo y tiró de mí.

Una mujer de las FARC, dije lo más rápido que pude.

Ya estábamos acostumbradas a hablarnos al oído. Y cuando quise añadir que la guerrillera se había hecho pasar por amiga de Wilson, Aida ya no estaba.

No la vi correr. Sólo desapareció de su lugar en el tiempo.

Tiré las botas en el porche y me dejé llevar por la mísera luz del hornillo encendido. Junto al fuego vi la silla de Wilson. Ésta es su cocina. Su vaso. Su cuchara. Cualquiera se hubiera dado cuenta de que no me estaba refiriendo solamente a cuestiones amorosas.

Olía a comida caliente. Me quité la camisa mojada. Doblé mi cuerpo como si fuese a caer de golpe. Comeré sin mover la boca más que para masticar y masticaré despacio para no tener que decir palabras. Repondré fuerzas por lo que pueda venir. El miedo era cosa de ayer. Hoy el dolor dejaba el papel al sufrimiento.

Me arrastré hacia la cocina. La persona que fumaba un cigarrillo junto al hornillo de gas no era Wilson. La odié porque tenía en sus manos todo lo que a él le pertenecía. Sus cigarrillos Piel Roja. Su lata de cerveza.

Cornelia me acercó el caldero hirviendo y me ofreció una de las cucharas. Entonces vi a Aida asomarse por la ventana trasera de la cocina. Cuando se disponía a saltar a través de ella la guerrillera le dijo que viniese a comer su parte.

Eso fue todo lo que hablaron. No se saludaron. Al alargar la mano para sujetar la cuchara, a Aida le falló el cálculo y la cuchara cayó al suelo. Tampoco entonces se permitió mirar la cara de la visitante. No le gustaba. Aceptó, sin embargo, su parte de la olla.

Crucé las piernas y me senté a comer en el suelo. Pregunté a Cornelia si en las FARC cocinaban los hombres o las mujeres. Cualquier respuesta de su parte podía valer con tal de aliviar el tránsito de este fuego. La peor prueba consistía en no mencionar el nombre de Wilson. Fui Wilson por un rato. Tras la pregunta, Cornelia movió de arriba abajo su cuchara. Tampoco me preocupé de averiguar si la seriedad de su respuesta era momentánea o postiza. Me aseguró que solían ser sus compañeras las primeras en prestarse a ofrecer este servicio a la Revolución, pero que ella sabía disparar un rifle mejor que la mayoría de los hombres.

Aida era tan necia que comía directamente del plato. Seguramente para no tener que usar la cuchara que había tocado Cornelia.

Volvimos a callarnos. Aida permanecía inmóvil en su rincón oscuro.

Nada de charla, dijo Cornelia sin venir a cuento. Hay que movilizarse. Dense prisa.

Puedes levantarte y mover el aire con tu culo, pensó Aida en voz alta. Ella no estaba dispuesta a ceder el mando a su enemiga.

Hay que comer frijoles sin carne de marrano recién muerto.

De qué habla, pensé. Puse cara de no haber entendido sus palabras. La miré como si hubiera perdido la cabeza. Había dejado la comida en el plato. Estaba ofendida y enfadada. Al poco rato me di cuenta de que la explicación debía ser el cerdo que ahora nos alimentaba. La guerrillera lo había matado para guisarlo y poner algo comestible en la olla. A mí Cornelia no me parecía una mala persona.

Me sentí incómoda pero éste no era momento de ponerse a discutir sobre el menú de la comida. No te desesperes. Aunque tampoco estaba segura de si merecía la pena congeniar con la guerrillera y evadirnos juntas.

Cornelia buscaba toda la información posible. A Aida ya ni tan sólo la miraba. Me preguntó si habíamos conseguido ver vivo a alguno de sus compañeros.

Alguno habrá, dije, pero nosotras sólo vimos a los muertos.

Hubiera jurado que ella era la única sobreviviente de la masacre. Nosotras dos no contábamos pues habíamos permanecido ocultas en la loma umbría. Lo mismo que

Cornelia cuando decidió saltar al corazón del monte para cumplir con alguna estrategia de soldado.

Si el supervisor de finanzas no hubiese interrumpido anoche nuestra cena en casa de Jorge Andrés Jaramillo, Wilson estaría ahora con nosotras.

Ponte una camisa, dijo la guerrillera. Piensa en mañana.

Sobre el suelo quedaban los platos sucios y a medio vaciar. Colgué mi camisa mojada de un clavo. Localicé mi mochila y empaqueté lo poco que podía llevar sobre mi espalda. Aida me propuso ir a por agua a la heladera. De acuerdo, dije. Pero no tardes. No me oyó porque salió corriendo hacia el arroyo.

Cornelia aprovechó para decirme que pensaba que no iba a volver.

Claro que volverá, dije. Aida va a su aire. Nunca obedece órdenes. No está acostumbrada.

En ausencia de Aida, la guerrillera aprovechó para decirme que tenían un campamento seguro en el monte.

Ya veremos, respondí. Deja que lo piense.

También tu escondite es perecedero. Aquí dejaré los libros y los platos sucios.

No recuerdo si apagué por fin el hornillo de gas o si lo dejé prendido para aprovechar al máximo la poca luz violácea que salía de la espita.

Me anudé el pañuelo blanco alrededor del cuello. Confiaba en que esta señal sirviese para algo.

De haber insistido, habría conseguido meter más cosas en la mochila. Pero quería caminar ligera.

Así que no vienen conmigo al campamento, insistió la guerrillera.

Decidí que lo más sensato era regresar a Bahía Negra con el resto de los desplazados. Luego, ya veremos.

Me pareció injusto seguir hablando a espaldas de Aida sobre nuestros proyectos de fuga. Llegará enseguida. Vas a verlo, dije.

Tan convencida estaba de que Aida estaba al caer, que fui yo misma a buscar el sombrero de Cornelia. La guerrillera se había deslizado por encima de las tablas del suelo y echada completamente sacaba la cabeza por la puerta de la casa. La noche era un enorme corazón negro que no cesaba de latir a nuestro lado. Cornelia se dedicaba a estudiar el cielo. Estaba convencida de tener la razón de su parte. Aida no vendría. En lugar de esto dijo que los aviones lanzallamas no se demorarían en llegar y que en las horas siguientes el fuego convertiría toda esta parte de la costa en un infierno.

Con el sombrero puesto Cornelia volvía a recuperar su rostro de enemiga. Traté de atraerla hacia mi bando.

Esta guerra es la continuación de la violencia. Todos están siendo utilizados por unas cabezas que ni siquiera conocen, dije a media voz y sin demasiado convencimiento.

Ella me habló de Tirofijo y Castaño. Uno ha de hacer de tripas corazón y matar a las ratas hijueputas informantes.

Abre los ojos, Cornelia. Les están matando las ilusiones. Están matando a los pobres.

Sólo defendemos lo que es nuestro, hermana. La tierra es para todos.

Se incorporó un momento y me miró consternada.

Me respondió que yo no podía comprender la situación porque al fin y al cabo era una extranjera.

Tal vez la obsesión por matar se apoderaba de ellos como el forro de la muerte.

Lo más prudente era que la guerrillera hiciera su

propio camino y nosotras el nuestro. Si es que encontrábamos uno en el que hubiese maíz y zapatos nuevos.

Me asomé a la ventana. Ni rastro de Aida. Con la mochila colgada de la espalda crucé los brazos dispuesta a esperarla y salir cuanto antes de esta playa.

Aida no tardó en regresar de la cascada y entró por la ventana trasera. La guerrillera seguía tumbada junto a la puerta con los oídos apuntados al cielo. Los pasos de Aida crecían de la tierra. Estaba tan acostumbrada al silencio de sus pisadas que no me sorprendió su aparición. Dejó la botella de agua potable junto a la puerta y se dispuso a quitar los platos sucios esparcidos en el suelo. Esto es lo que vi. También me di cuenta de que llevaba el pelo muy largo. Otro misterio era su cabello. La pistola de la guerrillera debía de estar entre los platos. Olía a alimento putrefacto. No conseguía acordarme del nombre de la guerrillera. Lo preguntaré a Aida, pensé. Pero ella no tenía otra cosa en su mente que la obsesión de venganza.

Así que la pistola no la vi. Si la hubiese visto estoy segura de que la habría apartado con el pie. Hacia un lado o hacia otro. Depende. No sé. Lejos del alcance de Aida. Tenía que haberme dado cuenta pero lo cierto es que no vi la pistola porque cuando sonó el primer disparo me extrañó que Aida tuviese una pistola en su mano derecha. Cuando levanté los brazos con intención de detenerla ya era tarde. Aida había disparado un segundo tiro.

Los dos disparos fueron a dar en la cabeza de la guerrillera, un poco más arriba de donde le crecía su trenza oscura y despeinada. La sangre salpicó mis piernas. Pero yo sólo podía decir: Aida, la has matado.

Tardé en reponerme. Has matado a Cornelia, dije. Éste era su nombre. Mis labios temblaban tanto que interrumpían cualquier intento de comunicarme.

También tú eres una asesina, dije.

Vi cómo guardaba el revólver en su cesta de plástico. Me miraba con el capazo colgado del brazo como si acabase de regresar de algún mandado.

La llamé cobarde y sicaria. Cómo se entiende. De qué te sirven tantas oraciones, santos y escapularios si a la primera de cambio matas por la espalda.

Mi argumento tampoco tenía sentido. Sentí que me sobraban palabras.

Me dijo que la guerrillera había matado a su padre. Yo nunca digo una mentira.

Qué padre ni qué hostias, dije. Tampoco podíamos entretenernos en platicar sobre el qué y el cómo. Ya, ya, venga, vámonos, la zarandeé hablándole como una colombiana. Ahora debemos irnos cuanto antes.

Sentí que esta muerte tampoco me parecía tan espantosa. Wilson estaba muerto. Cornelia muerta. También habían matado a la maestra, al cartero, al alcalde y a decenas de campesinos inocentes. Lo más horrible era pensar que Aida y yo seguíamos vivas.

El olor a pólvora tardó en desaparecer. Me calcé como pude las botas. Aida se daba tanta prisa en cerrar la puerta a su cadáver que pensé que era otra mujer. Se puso a darme órdenes como si fuera un soldado. Era lo último que me faltaba por oír. Había matado y ahora quería hacer desaparecer las señales de su crimen.

La esperé afuera tal como dijo. También le sostuve

el cesto con la calavera de doña María Lucila y el revólver. Luego dije: Se acabó. Me largo. Para entonces ya había apilado pequeños montones de ramas bajo las tablas de la casa. Aida recuperó su cesto para buscar una caja de cerillas. Prendió un fósforo. Se apagó. La madera estaba húmeda por la reciente lluvia. Encendió otro que rápidamente acercó a las barbas secas de un viejo cocotero. Con la llama en la mano se dedicó a encender cada uno de los pequeños montones de leña.

El fuego asusta a los muertos y los aleja.

Tú sabrás, pensé.

Las tablas tardaron en arder. Al fuego le costó levantarse pero al fin Aida pudo salirse con la suya. Crujía la madera y las llamas eran cada vez más altas.

Para entonces ya habíamos ganado el lado más oscuro de la Ciénaga Grande. Estábamos en el atajo que bordeaba el río en dirección al pueblo de Bahía Negra. Vi el fuego correr tras de mí. También vi la luna persiguiendo mis pisadas. Yo era otra. No tenía a dónde ir, no sabía a dónde ir. Peor era Aida. Con su revólver y nada en las manos con que justificar su asesinato.

Corríamos como locas sin memoria. Una pierna era Rat, la otra Aida. Sentía prisa por llegar y una desgana tremenda de irme. Era una carrera hacia la nada, sin espacio ni forma en que habitarla. Mi vida estaba rota y quería que alguien viniese a recoger sus fragmentos.

Una parte de mí no quería tratos con Aida. Pero sabía que tampoco podría soportar tener que apartarme de ella. Corría a su lado como si no la conociera. Este desprecio mío la enternecía. Hablaba a los muertos como si quisiera hacer literatura con ellos. Por si fuera poco, les pedía disculpas por haber tenido que matar a la guerrillera.

Estás hablando sola, la increpé.

Me respondió que hablaba con Wilson, con su padre, con doña María Lucila Vázquez.

Fingí no haber oído lo que decía. Traté de correr más rápido que ella y hacerme la desentendida dándole constantemente la espalda.

En su ansia por no adelantarme, Aida seguía siendo la jefa de esta expedición nocturna. En algún momento escuchamos ruidos y sombras ajenas pero con su destreza en moverse por el monte pudimos ir salvando los obstáculos. También decía: Si una no hubiera terminado con la guerrillera, ahora estaría retenida por ella. Y qué tal le sentaría eso.

Tenía la mirada torva del felino astuto y desconfiado. Ahora era más libre porque se sentía perseguida. Con esta muerte en las manos también ella aterrizaba en la inmundicia.

Hicimos un alto para descansar y beber agua de la botella.

Como estábamos asustadas, bebíamos juntas no por sed sino por ánimo de vencer el miedo.

Sentí la tierra temblar. Pero el ruido venía de arriba. Varias avionetas se disponían a incendiar el monte. Llegaba el Ejército a poner el decorado final de la masacre. Pronto nos encontraríamos con ellos. No era una salvación ni un descanso. Sólo otra etapa menos dolorosa de la lucha.

El monte se llenó de humo. Lo teníamos detrás de nosotros. Iba desde la playa de El Almejal hasta El Pozo de las Mujeres Muertas. Era demasiado imprudente seguir por la espesura. Decidimos no apartarnos de la orilla del río.

De tanto correr y olvidar el duelo sentí mi corazón respirar en mi garganta. Abandoné la mochila porque pesaba demasiado. Aida se ofreció a cargarla. Hicimos un cambio. Yo le llevaba el cesto con el santo y la calavera porque pesaba menos. Era tanta la prisa que ya no sabíamos caminar despacio.

11

Volvimos a detenernos junto al Rancho Verde de la boca del río. Desde allí se podían ver las primeras casas de Bahía Negra. La oscuridad levaba anclas y el cielo palidecía por momentos. Pequeñas figuras fueron surgiendo de la espesura en dirección a la corriente del río. Mujeres viudas, niños pequeños y algunos hombres cabizbajos avanzaban a destiempo. Nadie los dirigía. Caminaban con el lento ceremonial que desplaza a los seres inanimados cuando lazos invisibles tiran torpemente de ellos. Mantenían cerradas sus bocas para proteger su único equipaje. Un sufrimiento que no deseaban perder por el camino. Al dolor lo llevaban bien atado a sus bultos, que eran ligeros y a menudo inexistentes. No así sus piernas tan yertas y pesadas como las de las reses cuando ni el látigo logra convencerlas de su obturada mole. La mayoría de los desplazados no tenían reparo alguno en manifestar que eran expulsados de una muerte segura para ser conducidos a otras tinieblas de sinrazón y violencia. Como lo habían perdido todo podían fácilmente perderse a sí mismos. No querían abandonar el país. No querían cruzar el río. Querían llorar a sus muertos, recoger sus velorios. Se oían toses y sollozos. Olía a cadáver. Había algo que los empujaba a colocarse en fila india como única dignidad posible para enfrentarse con ojos abiertos a la muerte.

Aida y yo nos sumamos al grupo de los desplazados. El sentimiento era un altavoz averiado y las preguntas bailaban solas, sin palabras con las que llenar sus vacíos. El fuego nos seguía los pasos mientras que los soldados observaban desde lejos la huida de los sobrevivientes. Nuestra marcha era otra anécdota en la historia. Al vernos pasar, algunos soldados silbaban canciones de amor y de guerra. No podíamos verlos pero sí oírlos. No éramos nada. Avanzábamos porque era el río el que hablaba por nosotros y la piedra de ayer no era la misma piedra de mañana. El verde espeso del bosque era idéntico en todas partes. Para el que huye no hay nada más monótono y asfixiante que el color invariable de la selva.

En la mitad del camino, vi al hombre de la cantina cruzarse de brazos y quedarse quieto como un palo. Quiso darnos la espalda y detenerse una eternidad para mirar el vaivén de las llamas en el monte. Verlo impertérrito en el centro del follaje era suficiente para darse cuenta de que nadie conseguiría moverlo de este lugar. Su figura era frágil. No así su decisión de quedarse quieto y firme como una ametralladora descargada. Con su mirada de hombre suicida nos despreció porque con esta huida nosotros quedábamos al margen de su historia que era a la vez la única historia de su vida.

La muerte corría con nosotros buscando al enemigo. Pero lo peor de todo era no saber dónde se encontraba.

Estuve mirando hacia atrás hasta que mis ojos convirtieron al hombre de la cantina en otro punto más del paisaje inhóspito. Los árboles seguían vigilándonos. Detrás de ellos, las voces de los soldados llamaban a la guerra. Entre el ruido del follaje se oían nombres de pueblos colindantes que los refugiados se pasaban unos a otros como perlas adivinas con tal de animar la marcha. En el momento más inesperado, pequeños grupos de soldados interrumpían el camino para mostrar una vez más sus metralletas encañonadas directamente a nosotros. Van a matarnos. No serán capaces de hacerlo. Éste era el único centro de nuestra conversación secreta. Aida no se separaba de mi lado. Caminaba conmigo como una niñera colombiana. Decía que ella hablaría por mí cuando me preguntaran. Yo era una blanca sospechosa. Lo mismo que ellos, una comitiva de sospechosos negros. Alguien dijo que los soldados se escondían de nosotros para darnos miedo. Eso sí que no tiene nada que ver con lo que hablamos.

Aida dijo: Se creen inmortales pero morirán también.

Ninguno de nosotros debía quedar retratado para la eternidad. Estas escenas terribles y espantosas debían pasar rápido. El vestido de flores estaba teñido de barro. Aida daba pena. Todos teníamos la lástima pintada sobre el rostro. Habíamos perdido lo más querido. Éramos la mitad de algo. El hueso de la fruta. El pulso del cerebro.

Aida decía: Los soldados son pendejos porque nunca dan la cara.

En otro alto del camino alguien gritó: A comer.

Y cuando por fin conseguimos descansar las piernas en un claro del bosque junto al río, allí delante no había más que agua teñida de un café menesteroso.

Dejé lleno mi vaso de agua sucia.

Yo, en su lugar, no haría eso, dijo una mujer llamada Leonora. En cualquier momento sale un sol que lo quema a uno y no hay nadita que beber, ni gota de nada. Ahí mismo le toca a uno arrepentirse de aquel traguito de café negro que dejó en el vaso la última vez que le dieron algo.

Llevamos nueve horas sin un alto para descansar, dijo otra. Y está prohibido llevar agua porque pesa.

En los cestos y hatillos de las mujeres tampoco había comida suficiente. Los niños arrancaban los últimos pedazos de arepas secas y volvían a escupirlos con la rabia entre los dientes. Nos agarrábamos a la luz del día como nuestra última esperanza de alimento. Nuestras piernas sólo descansaban de noche. Entonces, dobladas y encogidas por el miedo solitario, costaba mantenerlas quietas.

El hombre más viejo del pueblo seguía llevando sobre su espalda su colchón de paja.

Suéltalo de una vez, Samuel. Tu sudor es aún más negro que tu piel de negro. Más apestoso que tu alma.

Ni por esas quería Samuel deshacerse de su cama. Al poco rato de andar juntos, también lo perdimos de vista. El viejo Samuel fue una coma en el camino.

Y tía Irma, pregunté, con la noche en el tejado del sueño. La hierba estaba fría.

Deduje que andaría por delante de nosotras. En esta fuga campo a través los jóvenes teníamos menos prisa que los viejos.

Regateábamos palabras porque en el silencio la rabia duele menos. Pensé que una lluvia sería bienvenida para lavar una parte de nuestras penas externas. No llovió aquella tarde. Ni tampoco la siguiente.

Peor para el fuego, dijo Aida.

A espaldas mías seguía con sus rezos al infierno. Imploraba por la salvación del alma de la guerrillera.

Matas y rezas por tus muertos. Esto no tiene sentido, Aida.

Asintió en silencio. Éste es mi entierro, dijo.

A ratos, yo también me ponía a llorar. Me pasaba la noche pensando que era de día. Me negaba a creerlo.

Cuando volvió a oscurecer, un soldado dispersó a la muchedumbre. Dejamos de ser por un rato una sola entidad en marcha. La noche nos convirtió en fragmentos de uno mismo. Mi otra parte estaba muerta.

Alguien dijo: A dormir.

Eso mismo nos dispusimos a hacer sin discusión alguna.

Mojé mis labios en un cuenco de agua sucia. Me acordé de Leonora. El cuerpo me dolía. El vientre me dolía. El alma me dolía. Ya no confiábamos en la reparación del sueño. Nuestra miseria tenía el color de la tierra húmeda y rojiza, una tierra sin remedio. Los sollozos de los niños se iban apagando. Yo era una piedra que se hundía y Wilson no estaba conmigo. Aida tuvo que estrujar mi hombro para despertarme. Cuando abrí los ojos me creí salvada. Tampoco sentí que estuviera muerta. Quise ser la piedra. Olvidarme.

Amanecía de nuevo. Se levantaban los cuerpos del sueño. Sobre el horizonte vi una carta. Era absurdo. Jamás se podría construir un país de todo esto. Hombres y mujeres se tocaban el rostro con insistencia. Se preguntaban si eran ellos y no sus sombras los que a duras penas habían despertado del sueño. Los soldados nos seguían los pasos a tiro de metralleta. Ahora que el fuego estaba lejos, el Ejército era el bosque en llamas que nos venía siguiendo. Aida se puso a cantar como el pájaro ronco de la mañana:

Nos vamos a Panamá, cierto, le dijo a una muchacha que acababa de tomar como vecina de fuga.

Yo lo único que quiero es ver a mi mamá, dijo la niña.

Un tipo del Ejército que iba de civil se nos quedó mirando. Hijueputa, dijo Aida.

Como todos los soldados, éste también se convirtió en un necio. ¿Por qué nos ponían a correr como alimañas? ¿Por qué no encontraban otro modo de acercarnos más suavemente a la muerte?

Unos pasos más allá, Aida me llamó la atención sobre una colina bastante elevada.

Dicen que por aquella ladera oscura se accede a la frontera.

Miré hacia donde ella decía y no vi más que mangos recostados unos contra otros. Tanto verde daba vértigo.

Seguimos caminando como si tuviéramos el objetivo de llegar cuanto antes a una meta, pero lo cierto era que a nuestro alrededor todo se movía con una gran indiferencia. Aida empezó a fumar como una viajera cualquiera. Esto no es un paseo, pensé. Como se sabía un caso perdido, la frontera era un capítulo nuevo de esperanza. Aida había nacido para que la cortasen a pedazos. Ahora le estaban regalando la oportunidad de regresar al país de donde había venido.

Desconfía de fronteras, dije. Tal vez debieras saber antes que no hay país para los desposeídos. No te hagas ilusiones falsas.

La vi tan animada que para hacerla bajar un poco de su nube de azúcar le pregunté si al llegar a una ciudad estaríamos lo bastante vivas como para verlo.

No seas pesimista, dijo. En las ciudades hay de todo. Aida hablaba de una ciudad en la que habría hospitales, coches, trenes, iglesias y cementerios.

Ya me cansé de seguirle la corriente y le respondí que la ciudad probablemente terminaría siendo el cementerio de los desplazados. No te das cuenta de que tus frases son perfectas para el campo pero que en la ciudad no pueden pronunciarse. Tal vez si no fueras campesina. Lo más probable es que termines siendo una mendiga.

Es Wilson el que te habla de ese modo.

Es el sentido común. Conozco mucho las ciudades y los que viven en ellas. No te engañes, dije.

Me respondió que ella estaba acostumbrada a un trabajo duro.

Hablamos de España y de la posibilidad de que la madre patria no fuera una madrastra.

Encima de un papel arrugado le puse mi nombre entero. Mejor dejarlo por escrito por lo que fuera a suceder.

Salir de un país es siempre más fácil que entrar en otro.

Tampoco quería desilusionarla del todo. Después de una frase fría le decía una caliente.

Aida dijo: De un bosque quemado he visto crecer árboles. De un río seco he podido sacar agua.

Volvimos a callarnos.

Mi pelo creció un centímetro durante la travesía. Eso me pareció. O era la suciedad que lo había alargado.

Estamos en octubre, dijo alguien.

Otra mujer sentenció que, según sus cuentas, estábamos ya a comienzos de noviembre. Todos los Santos, dijo.

No hables como si nada hubiera pasado, le increpó Toño, el campesino.

Pero el resto del grupo estaba a favor de la mujer que prefería recordar que primavera no es verano. Tenía sangre en los pies y las uñas hinchadas como globos. Uno siempre piensa que conoce los caminos de su tierra pero esta caminata es diferente.

El hombre que se quejaba de un fuerte dolor en el pecho no era Samuel. Lo llamaban Juan Segundo. Al fin, tuvo que sentarse. Me quedé a esperarlo. Aida, siéntate conmigo. Juan Segundo tenía las manos encogidas y los labios prietos. En un momento dado, empezó a golpearse los muslos con sus codos. Luego, rompió a llorar. Temí que sufriera algún ataque. Pedimos ayuda. Aida llamó a los soldados para que vinieran a recogerlo. No vi ninguna camilla improvisada. Lo peor era quedarse quieto.

Los soldados dijeron que habían visto cosas peores que ésta. Podían contar algunas. Ni pensarlo. No estábamos para historias. Nos negamos a escucharlos. Preferimos seguir el camino dictado por sus metralletas. Los mirábamos lo menos posible. Empezaban a estar hartos de nosotros. No éramos ni malditos curas ni malditas monjas ni malditos periodistas. Ni siquiera civiles. Sólo campesinos negros. Malditos desplazados.

Era pasado el mediodía cuando divisamos las primeras casas de un pueblo. Cayó la noche antes de que pudiéramos alcanzarlas.

Otra vez los sollozos de los niños. Los sueños sin venir. El plomo en el corazón y en los huesos.

Dijeron que estábamos cerca de la frontera. Nuestra geografía metida en la cabeza no nos dejaba espacio para pensar en otra cosa. La frontera tenía un nombre de esperanza. Cuando al fin llegamos al pueblo nos creímos personas. Pero este pensamiento nos fue rápidamente arrebatado. Unos hombres que dijeron ser policías nos detuvieron en la primera calle. Pese a todo, llegamos al pueblo.

Vimos la calle principal pero no pudimos entrar en ella. Entonces, tanto daba el nombre de este pueblo. Mejor ni llamarlo siquiera. La mayoría de los desplazados también teníamos el nombre perdido. Íbamos sin los documentos pertinentes y a los policías, de momento, no les quedaba otra alternativa que fiarse de lo poco que decían nuestras bocas. El que tenía papeles pensaba decir que tampoco los tenía. Aida creció en palabra y en temperamento. Dijo que con tipejos como éstos uno ha de hacerse más ignorante de lo que es. La desconfianza era mutua. A nosotros también nos costaba creer que esos hombres fueran policías. Por si acaso, nos quedamos a esperar a las afueras del pueblo. Hubo quien dijo estar seguro de que de esta noche no pasaba. Al amanecer nos habrían matado.

Era un pueblo sin alma. Los vecinos no querían tratos con nosotros porque veían mucho miedo a nuestro alrededor. Temían contagiarse. Y el olor a muerte es el peor enemigo de un vecindario. Las puertas permanecían cerradas.

Aida trató de levantarnos el ánimo.

Ésta es mi mano, dijo a todo el mundo.

Sí, respondieron nuestros ojos incrédulos.

Mi mano es un espejo y les juro por Jesús Nazareno que de ésta nos libramos.

Mientras Aida hable, no hay problema, pensé. No podía imaginar más dolor del que habíamos pasado.

A medianoche, vinieron a ofrecernos papa con yuca hervida. Las mujeres que llegaron con dos grandes calderos negros y llenos de herrumbre nos dijeron que a falta de platos servirían unas hojas de banano. También hubo que hacer equilibrios para que el alimento se mantuviera firme sobre la hoja. Si nosotros dábamos pena ellas tampoco es que tuvieran el rostro feliz y sonriente. De esta manera empezaban a cumplirse los vaticinios de Aida. Comíamos juntos y en silencio pero el miedo aún permanecía a solas en el rincón del cerebro.

Nadie pudo pegar ojo. Sólo los niños dormían a ratos. Por la noche se corrió la voz de que la Cruz Roja estaría al llegar. Tampoco es que fueran los Reyes Magos de Oriente, dijo otro.

Nos despertaron antes del amanecer los mismos policías que la noche anterior nos habían cerrado el paso como si fuésemos unos jodidos apestados. Ordenaron separarnos en grupos para empezar a interrogarnos.

No éramos unos delincuentes. Le pregunté a Aida que qué se habría hecho de los cholos.

No he visto a uno solo de ellos durante todo lo que viene durando la marcha.

Me dijo Aida que ellos prefieren morir a tener que desplazarse como bestias de carga.

El policía de más edad se sentó junto a la mesa de escribir.

Yo no hice nada, se lo juro, señor. Era un pobre negro temblando por tener que presentarse al hombre bigotudo que estaba sentado a la mesa.

Después de los hombres, les tocó el turno a las mujeres.

El policía grande con cara de oso preguntaba una mentira para que nosotros respondiéramos con la misma verdad en la punta de la lengua.

De Bahía Negra, dijimos casi a coro.

De allá nos echaron los paras después de que hubieran matado a más de la mitad del pueblo.

La que habló claro y sin pelos en la lengua fue la mujer llamada Leonora.

El policía no quería darse cuenta de lo poco que sabía de nosotras. Un copioso sudor le levantaba el bigote.

Si no éramos delincuentes, qué carajo éramos. Guerrilleras, preguntó.

No, señor, cantamos casi a coro.

Hijueputas informantes, dijo a la mujer que iba antes de mí en el interrogatorio. Debió ser por eso que murieron.

Sí, señor, respondió la mujer. Seguro que por dentro pensó: A ti te voy a hundir en la ciénaga en seguida que pueda.

Aida y yo guardamos silencio.

Quería saber de dónde era: argentina, uruguaya, colombiana.

Aida contó que la explosión de las bombas me había llevado el habla. Llame al doctor, dijo.

Qué doctor ni qué vainas, dijo el policía.

Tú eres guerrillera, ¿cierto?

No, dije, yo no soy guerrillera.

La verdad es que ya no sabía quién era.

Vieras que me asusté, dijo Aida.

Mientras me interrogaba, otro policía registró la mochila sucia que llevaba colgada a la espalda.

No sabía qué hacer conmigo. Vi la duda en su cabeza hueca. Por la frente, todos los policías son iguales. Me apresuré a hurgar en mis papeles. Tenía un montón de frases que decirle, a cual más estúpida. Hablé del hambre que habíamos pasado durante la marcha y de lo enferma que me sentía. Dentro de un sobre encontré un papel doblado. Tendí el papel sellado al policía con cara de oso.

El policía alzó la declaración escrita a la altura de los ojos y preguntó qué lengua extraña era ésa.

Aida se encogió de hombros. La razón, parecía decir Aida, la tiene siempre el policía. Y la razón, según rezaba el papel sellado, confirmaba que era éste un documento legal. Todos los ojos estaban de acuerdo.

Aquí se lee Cartunya, dijo el policía.

Asentí con la cabeza. El nombre sonaba a país imaginario pero dicho en boca del policía pareció tan real que hasta él mismo no tuvo más remedio que constatarlo. Pensó que en este mundo no importaba ser más o menos rápido si uno era listo y sabía leer las cosas como eran. El flequillo le creció de pronto y se le juntó con el bigote. Le gustó que mis ojos fuesen claros porque este detalle confirmaba la totalidad de su certeza.

Dejó la hoja de papel sobre la mesa. Encendió su cigarro apagado. Mordió con los dientes el pucho. Aida tuvo tiempo de pensar muchas cosas. Nadie tenía prisa. El policía era el único reloj del tiempo. Observó la cola de mujeres negras sin documento alguno con que garantizar su honra o su desgracia. Por lo menos, tenía un documento en la mano. La vida estaba escrita en el pasado.

La declaración sellada por la Organización de Jóvenes para la Solidaridad y la Democracia todavía descansó un buen rato sobre la mesa del policía. Tenía aspecto de documento verdadero con letras de imprenta sobre la hoja amarillenta y varios sellos dispersos que obedecían a firmas ilegibles. De vez en cuando, alguien tosía. Los niños no contaban. Desde el otro lado del sendero, se habían quedado quietos como si fueran maletas cerradas en busca de destino.

El policía volvió a recuperar la declaración y la pasó de una mano a otra. Pareció contento de tener al fin un documento acreditado. Antes de hablar derramó ceniza sobre mi mochila apoyada en el suelo.

Cartunya está en Europa, ¿cierto?

Asentí de nuevo.

Preguntar siempre es oscuro. La mejor respuesta era no querer saber una cosa ni otra. Aida pensó que ahora era ella la importante. Dijo al policía: Ya se lo había advertido. Por qué no consulta el Atlas.

El policía no oyó las palabras de Aida. Ella hablaba a veces con el corazón en la garganta y éramos pocos los que podíamos comprenderla. Tal vez yo era la única persona que podía oírla. Y esta constatación me asustó más que el bigote espeso del policía. Sopló para apartar el humo de su cigarro y se volvió hacia mí. Tuve la sensación de que debía irme cuanto antes.

Si seguimos aquí, no conseguiremos nada, dijo Aida.

El pueblo tampoco estaba esperándonos. Cada sombra era un trozo de tiempo malogrado. Caminamos ligeras hacia la plaza. El dolor crecía hacia dentro como un sentimiento muy profundo. Agité la cabeza como si estuviera hablando, pero no dije nada.

Fuimos a sentarnos en la plaza del pueblo. Los negros repatriados arañaban el suelo con las uñas de sus pies descalzos. Me quedé a observarlos. No tenía nada en las manos más que un nombre. Wilson Cervantes. Y un silencio. No vi la lata de galletas hasta casi tenerla delante.

Tú no tienes hambre, dijo Aida.

Estaba pensando en otra cosa, dije yo.

Impreso en el mes de febrero de 2002
en Talleres BROSMAC, S. L.
Polígono Industrial Arroyomolinos, 1
Calle C, 31
28932 Móstoles (Madrid)